SCIENCE FICTION

Herausgegeben
von Wolfgang Jeschke

Ein Verzeichnis weiterer Bände dieser Serie
finden Sie am Schluß des Romans.

DIANA G. GALLAGHER

STAR TREK

STARFLEET KADETTEN

EHRENSACHE

TAG DER EHRE 5

Star Trek®
Starfleet Kadetten
Band 30

Deutsche Erstausgabe

WILHELM HEYNE VERLAG
MÜNCHEN

HEYNE SCIENCE FICTION & FANTASY
Band 06/6530

Titel der amerikanischen Originalausgabe
DAY OF HONOR: HONOR BOUND
Deutsche Übersetzung von Uwe Anton

Umwelthinweis:
Dieses Buch wurde auf chlor- und säurefreiem Papier gedruckt

Taschenbuchausgabe: 11/99
Redaktion: Rainer-Michael Rahn

Erstausgabe by Pocket Books/Simon & Schuster Inc., New York

http://www.heyne.de
Printed in Germany 1999
Umschlagbild: Pocket Books/Simon & Schuster Inc., New York
Umschlaggestaltung: Nele Schütz Design, München
Technische Betreuung: M. Spinola
Satz: Schaber Datentechnik, Wels
Druck und Bindung: Ebner Ulm

ISBN 3-453-15657-9

Mit Respekt und Zuneigung
für Ray Sehgal,
einen brillanten jungen Wissenschaftler
und meinen jüngsten Star Trek-Berater.

Mit besonderem Dank an
L.A. Graf,
die mir unschätzbare Informationen
über ›Der Himmel von Armageddon‹
gegeben hat, was maßgeblich
zur Konsistenz der Riten und Regeln
des Tags der Ehre beigetragen hat.

STARFLEET-Zeittafel

2264 Beginn der Fünfjahresmission der *USS Enterprise NCC-1701* unter Captain Kirk.

2292 Die Allianz zwischen dem Klingonischen Imperium und dem Romulanischen Reich zerbricht.

2293 Colonel Worf, Großvater von Worf Rozhenko, verteidigt Captain Kirk und Doktor McCoy bei ihrem Prozeß wegen Mordes am klingonischen Kanzler Gorkon.
Friedenskonferenz zwischen dem Klingonischen Imperium und der Föderation auf Khitomer [Star Trek VI].

2323 Jean-Luc Picard beginnt die vierjährige Ausbildung an der Starfleet-Akademie.

2328 Das Cardassianische Imperium annektiert Bajor.

2346 Massaker der Romulaner auf dem klingonischen Außenposten Khitomer.

2351 Die Cardassianer erbauen im Orbit um Bajor eine Raumstation, die sie später aufgeben werden.

2363 Captain Jean-Luc Picard tritt das Kommando über die *USS Enterprise NCC-1701-D* an.

2367 Wesley Crusher beginnt die Ausbildung an der Starfleet-Akademie.
Zwischen den Cardassianern und der Föderation wird ein unsicherer Waffenstillstand geschlossen.
Angriff der Borg im Sektor Wolf 359; unter den Überlebenden sind Lieutenant Commander Benjamin Sisko, Erster Offizier der *Saratoga*, und sein Sohn Jake.
Die *USS Enterprise-D* besiegt das Schiff der Borg im Erdorbit.

2369 Commander Benjamin Sisko tritt das Kommando über *Deep Space Nine* im Orbit von Bajor an.

2371 Die *USS Enterprise NCC-1701-D* wird auf Veridian III zerstört.
James T. Kirk, der ehemalige Captain der *Enterprise*, taucht aus einem temporalen Nexus auf, stirbt aber, als er Picard hilft, das Veridian-System zu retten.
Die *USS Voyager* unter dem Kommando von Captain Kathryn Janeway wird in den Delta-Quadranten verschlagen. Die Rückkehr der Crew zum Föderationsraum wird etwa siebzig Jahre dauern.

2372 Der Versuch des Klingonischen Imperiums, Cardassia Prime zu unterwerfen, führt zur Auflösung des Friedensvertrags von Khitomer zwischen der Föderation und dem Klingonischen Imperiums.

Quelle: *Star Trek Chronology* von Michael und Denise Okuda

1

Alexander Rozhenko war zu einem Viertel Mensch, zu drei Vierteln Klingone und außer sich vor Wut.

Er saß zwischen seinen menschlichen Großeltern im Shuttleterminal der Erdstation Bobruisk und weigerte sich starrsinnig, die beiden anzusehen. Alexander wollte sich nicht entspannen oder vernünftig sein. Er wollte nicht die besorgte Geduld in Sergei Rozhenkos Augen sehen – oder die Enttäuschung, die seine Großmutter hinter einem stoischen Lächeln verbarg. Aber auf keinen Fall wollte er seinem Vater begegnen, Worf.

»Ich verstehe nicht, wieso du deinem Vater eine solche Feindseligkeit entgegenbringst, Alexander«, sagte Sergei sanft.

»Ich auch nicht.« Helena seufzte sorgenvoll. »Worf nimmt sich Sonderurlaub von *Deep Space Nine*, nur um dich zu besuchen. Damit ihr gemeinsam den klingonischen Tag der Ehre feiern könnt.«

Alexanders Oberlippe verzog sich zu einem Schnauben, einem tiefen, gutturalen Ausdruck des Mißfallens, das eindeutig klingonisch war und seinen Großeltern Unbehagen bereitete. Das war einer jener klingonischen Wesenszüge, die er normalerweise zu unterdrücken versuchte. Er verabscheute es, wenn seine Großeltern sich ihm gegenüber so gönnerhaft benahmen.

»Er nimmt *Sonderurlaub*, aber nicht, weil er seinen geheiligten klingonischen Feiertag mit mir begehen will!« Mit funkelnden Augen schaute Alexander von seinem Großvater zu seiner Großmutter und dann wieder stur geradeaus. »Mein Vater hat sich von seinen Pflichten entbinden lassen, weil *ihr* ihn gebeten habt, zur Erde zu kommen.«

Alexander bemerkte den besorgten Blick, den seine Großeltern wechselten, und verschluckte die verletzenden Worte, die er noch hinzufügen wollte. Es war nicht fair, seine Wut an seinen Großeltern auszulassen. Da hätte er genausogut den Romulanern Vorwürfe machen können, die 2346 den Vorposten Khitomer überfallen hatten. Hätten sie seinen Vater, der damals sechs Jahre alt gewesen war, nicht am Leben gelassen, sondern getötet, dann hätten Sergei und Helena Rozhenko den verwaisten Klingonen nicht adoptiert und es jetzt nicht mit einem Problem zu tun, das sie einfach nicht in den Griff bekamen. Mit ihm, ihrem hauptsächlich klingonischen Enkelsohn. In ihrer Verzweiflung hatten die Rozhenkos sich an die einzige Person in der Föderation gewandt, die ihnen vielleicht helfen konnte: Lieutenant Commander Worf, Offizier für Strategische Operationen auf *Deep Space Nine* und der einzige Klingone in Starfleet.

Sergei sah auf die Uhr. »Worfs Shuttle müßte in einigen Minuten landen.«

Alexander erstarrte, als der alte Mann die Hand auf seine Schulter legte. »Versuche wenigstens, höflich zu sein, Alexander.« Er zog die Hand zurück. »Trotz der törichten Gefühle, die du im Augenblick hegst«, fuhr er streng fort, »ist Worf noch immer dein Vater, und du wirst ihn mit Respekt behandeln.«

Alexander sträubte sich wütend, ballte die Fäuste und konzentrierte sich darauf, gleichmäßig zu atmen.

Sein Großvater sprach nur selten so gebieterisch zu ihm. Früher hätte Alexander sich geschämt und bedauert, etwas getan zu haben, das ihm einen solchen Tadel einbrachte. Jetzt mußte er seine gesamte Willenskraft aufbringen, um nicht auf den alten Mann einzuschlagen.

Einatmen. Ausatmen. Ein. Aus.

Alexander atmete, und es gelang ihm, den Drang niederzukämpfen, einfach zu explodieren. Aber gegen die gefühlsmäßige Pein, die er empfand, kam er nicht an. Seine Mutter, K'Ehleyr, war halb menschlicher und halb klingonischer Abstammung und Föderationsbotschafterin bei der Regierung K'mpec im Klingonischen Imperium gewesen, bevor Duras sie ermordet hatte. Wie sie hatte Alexander das Verhalten und die Gebräuche der Menschen mit ganzem Herz und ganzer Seele akzeptiert. Nun wurde sein geschätztes menschliches Wertesystem mit all seinen Verhaltensregeln von einer Gewaltbereitschaft bedroht, die wie ein Virus durch seine Adern brandete.

Alexander kannte den Grund dafür nicht, aber er neigte seit einiger Zeit zu immer heftigeren Zornesausbrüchen, die immer schwieriger zu kontrollieren waren. Er hatte schreckliche Angst davor, daß er sich eines Tages nicht mehr beherrschen konnte und jemanden verletzte. Am schrecklichsten war jedoch die Vorstellung, daß seine geliebten Großeltern seinem Zorn zum Opfer fallen würden.

Und allein aus diesem Grund war Alexander froh, daß sein Vater sich einverstanden erklärt hatte, auf die Erde zu kommen. Er würde lieber sterben, als dem freundlichen Ehepaar etwas anzutun, das ihm ein liebevolles Heim geboten hatte, wie schon zuvor seinem Vater. Sein zerstörerisches Verhalten hatte seinen Großeltern schon mehr Kopfzerbrechen und Ärger bereit, als er sich eingestehen wollte. Die Rozhenkos verrieten ihm auch nicht viel über Worfs Pubertät, was ihn befürchten ließ, daß sein Verhalten viel unerträglicher war als das seines Vaters damals.

Worf mußte im Vergleich zu ihm der reinste Engel gewesen sein.

Und dieser Gedanke ließ erneut heiße Wut in ihm emporsteigen.

»Da kommt er.« Helena stand auf. Aufgeregt und ungeduldig schaute sie zur der Tür, durch die die Passagiere des soeben gelandeten Shuttles *von Braun* das Terminal jeden Augenblick betreten würden.

Sergei stieß seinen Enkel an und lächelte verkrampft. »Eins darfst du nie vergessen, Alexander. Worf liebt dich sehr, und nichts, was du tust oder sagst, kann daran etwas ändern.«

Alexander nickte knapp und erhob sich, wich dem Blick seines Großvaters aber noch immer aus. Auch er war sich der Gefühle seines Vaters sicher, wußte aber etwas, das Sergei nicht verstand. Worf war Klingone, und Klingonen schätzten die Ehre über alles. Das hatte sein Vater *unmißverständlich* klargestellt, als Alexander auf die *Enterprise* zurückgekehrt war, um dort bei Worf zu wohnen, nachdem er nach dem Tod seiner Mutter ein Jahr auf der Erde verbracht hatte.

Alexander dachte an die traumatischen und unbeständigen Anfänge seiner Beziehung zu Worf zurück. Schon damals waren die alternden Rozhenkos mit seiner mangelnden Disziplin einfach nicht fertig geworden. Deanna Troi, die Counselor an Bord des Raumschiffs, hatte erkannt, daß seine erbärmlichen Lügen und sein zerstörerisches Verhalten Ausdruck seines tiefen Gefühls der Verlorenheit und Unsicherheit waren. Worf hatte das verstanden und sich entschlossen, ihn nicht zu einer klingonischen Schule zu schicken, wie er es ursprünglich geplant hatte. Daß sein Vater ihm verziehen und ihn akzeptiert hatte, hatte ihm die Stabilität gegeben, die er brauchte, um seine seelischen Probleme zu lösen und seine gemischtrassige Herkunft zu erkunden.

Aber ich bin kein verängstigtes kleines Kind mehr, dachte Alexander trübe, *und diesmal habe ich keine akzeptable Entschuldigung.* Worf würde wütend sein, weil man ihn von seinem Posten auf *Deep Space Nine* weggezerrt hatte, damit er sich um seinen ungebärdigen Sohn kümmerte, und sich betrogen und entehrt fühlen. Liebe spielte da keine Rolle.

Alexander nahm sich zusammen und beobachtete die Tür, durch die sich ein Strom menschlicher und außerirdischer Reisender ergoß. Die meisten davon waren Zivilisten und Familien, die von Geschäfts- oder Urlaubsreisen auf anderen Welten zurückkehrten. Er hielt mehrmals den Atem an, als er das Rot, Blau oder Gelb einer Starfleet-Uniform erhaschte, bis er dann den silbernen Glanz der klingonischen Schärpe sah, die sein Vater trug.

Unwillkürlich verspürte Alexander Ehrfurcht, als der imposante Klingone in Sicht kam. Groß und muskulös und mit einem stets grimmigen Gesichtsausdruck blieb Worf auf der Schwelle stehen und suchte den überfüllten Warteraum mit Blicken ab. Die menschliche Familie vor ihm schlug sich mit Unmengen von Souvenirs und Reisetaschen herum. Worf schien die nervösen Blicke nicht zu bemerken, die der

Mann und die Frau ihm zuwarfen, während sie hektisch versuchten, ihm Platz zu machen. Alexander bemerkte, daß fast alle Leute im Warteraum versuchten, Abstand zu ihm zu halten, und ihn argwöhnisch beobachteten.

Was Alexander keineswegs überraschte.

Nach Jahrzehnten des Friedens waren zwischen der Föderation und dem Klingonischen Imperium Feindseligkeiten ausgebrochen. Die Allianz, die sowieso auf wackligen Füßen gestanden hatte, war zerbrochen, als Gowron einen Angriff der Klingonen gegen das Cardassianische Reich geführt hatte, von dem er annahm, es sei vom Dominion unterwandert worden. Starfleet hatte die Cardassianer verteidigt, eine Beleidigung und ein Vertrauensbruch, den das Klingonische Imperium nicht ignorieren konnte, obwohl Gowron den Konflikt begonnen hatte, weil er Angst gehabt hatte und falsch informiert gewesen war.

Worf, ein Starfleet-Offizier, hatte gegen die Klingonen gekämpft, doch die Uniform, die er mit solch leidenschaftlichem Stolz trug, der Beweis seiner Loyalität zur Föderation, hätte jetzt genausogut unsichtbar sein können. Ein bloßes Stück schwarzen und roten Stoffs konnte Worfs genetische Abstammung nicht aufheben.

Oder meine, dachte Alexander trübsinnig.

Der Junge fragte sich, ob sein Vater wußte, daß man ihn auf der Erde meiden, ihm vielleicht sogar feindselig begegnen würde, weil er Klingone war. Seit dem Bruch des Abkommens zwischen dem Imperium und der Föderation war Alexanders Leben in der Schule und in ihrem Wohnviertel zum Alptraum geworden. Sein nicht zu bändigender Zorn war etwa zur gleichen Zeit aufgeflammt. Er vermutete, daß die Wutanfälle von den grausamen und ungerechten Taten und dem Verhalten der Gleichaltrigen ausgelöst wurden.

»Worf!« rief Helena und winkte ihrem Adoptivsohn zu. »Hier sind wir!«

Alexander verkrampfte sich, als sein Vater sie mit der Andeutung eines Nickens begrüßte. Es lag keine Wärme in dem harten Blick, der von seinem Sohn in gleicher Weise erwidert wurde. Wie der Junge befürchtet hatte, würde das Wiedersehen nicht besonders angenehm werden. Ihm war nicht einmal klar gewesen, daß er die schwache Hoffnung gehegt hatte, Worf könne sich freuen, ihn zu sehen. Die unausgesprochene Zurückweisung ließ sein Blut vor fieberhaftem Zorn kochen.

»Mein Junge!« Grinsend stürmte Sergei vor und rempelte dabei unbeabsichtigt den Mann an, der noch immer mit seinem Gepäck kämpfte und versuchte, sich so schnell wie möglich von Worf zu entfernen. »Entschuldigung. Ich…«

»Passen Sie gefälligst auf!« Der Sohn des Mannes, ein großer, bärenstarker Junge etwa in Alexanders Alter, stieß Sergei beiseite. »Klingonenfreund!«

Helena schnappte nach Luft und hielt Sergei fest, der gegen sie prallte.

»Howard!« fauchte der Vater des Jungen und erbleichte dann.

Der Junge funkelte die Rozhenkos böse an.

Worfs Augen blitzten, und seine Lippen zitterten. Jeder Muskel in seinem starken Körper spannte sich an. Er schien drauf und dran zu sein, den Jungen zu schlagen, der Sergei gestoßen hatte, hielt sich dann aber doch zurück.

In dem Sekundenbruchteil, den Worf benötigte, um

sich zu beruhigen, und in dem alle anderen in der Nähe vor Furcht schier erstarrten, reagierte Alexander mit reiner klingonischer Wut.

Brüllend stürzte Alexander sich auf Howard und griff nach dem zerbrechlichen Hals des Menschen. Der Zorn, der durch seinen jungen Körper wogte, machte ihn für alles blind – bis auf den Drang, den arroganten, ungehörigen Jungen zu bestrafen. Howard hatte eine der wenigen Personen im Universum, die Alexander liebte, beleidigt und herumgeschubst.

»Alexander! Nein!«

Er hörte kaum den Schrei seiner Großmutter, als er sich auf den völlig überraschten Jungen warf und ihn zu Boden stieß. Doch dann ergriff eine starke Hand seinen Arm und zerrte ihn von dem kreischenden Menschen hoch, bevor seine Finger sich um das empfindliche Fleisch der Kehle schließen konnten.

»Das reicht!« dröhnte Worf.

»Laß mich in Ruhe!« kreischte Howard, während er rückwärts kroch und sich dann aufrappelte. »Laß mich in Ruhe!«

Beseelt von der Kraft und Wildheit, die in seinen klingonischen Genen saß und nun explodierte, riß Alexander sich von der Hand los, die ihn festhielt.

Howard schrie entsetzt auf und rannte davon.

»Alexander!«

Während Alexander den Jungen verfolgte, nahm er Worfs ungehaltene Stimme nicht mehr wahr. Er war sich nur verschwommen des Meers aus Menschen bewußt, das sich vor ihm teilte, oder auch der Schreie derjenigen, die ihn wiederum verfolgten. Er hatte sich völlig auf Howard konzentriert, der in heller Panik durch das Terminal floh.

Alexander sprang über Koffer und schoß zwischen Säulen und Sitzreihen hindurch und verkürzte die Entfernung zwischen ihm und seinem Opfer schnell. Der Geruch menschlichen Blutes überflutete seine Nase und nährte den Jagdrausch, der ihn trieb.

Ein Sicherheitswächter des Flughafens sprang vor ihm auf den Gang. Alexander wich nach rechts aus, gab ihm einen Stoß und lief an ihm vorbei.

Als der Wächter gegen die Wand prallte, schaute Howard zurück. Er riß vor Angst die Augen auf, stolperte über seine eigenen Füße und fiel der Länge nach hin.

Der Siegesschrei, der in Alexanders Kehle emporstieg, wurde abrupt unterbrochen. Eine Hand legte sich mit eisernem Griff um seinen Arm und hielt ihn fest. Er kämpfte dagegen an, doch diesmal konnte er sich nicht losreißen.

»Alexander.«

Die ruhige, befehlsgewohnte Stimme seines Vaters drang durch seine Besessenheit. Während sein Puls raste, blinzelte er heftig und versuchte, seinen rasenden Atem zu beruhigen. Der Nebel vor seinen Augen lichtete sich langsam, und er sah, daß Howards Eltern dem Jungen aufhalfen und ihn in die Geborgenheit ihrer Arme zogen. Dann schlangen sich die Arme seiner Großmutter um ihn, und sie hielt ihn fest, während sie ihm beruhigende Worte ins Ohr murmelte. Er drückte sich fest gegen sie und fing zu zittern an.

Hätte er Howard erwischt, hätte er ihn vielleicht umgebracht.

Eine starke, aber sanfte Hand legte sich auf seine Schulter. Alexander schaute auf. Er rechnete damit, daß sein Vater wütend war, doch in den freundlichen, braunen Augen, die zu ihm hinabsahen, lag nicht mehr der geringste Zorn. Worfs Gesicht zeigte lediglich Erleichterung, Besorgnis und ein verkrampftes, aber beruhigendes Lächeln.

Alexander war so verblüfft, daß er zuerst gar nicht begriff, daß die tiefe, fremde Stimme, die er vernahm, ihn ansprach.

»Du bist verhaftet.«

2

»Es kommt alles in Ordnung, Alexander«, flüsterte Helena. »Du wirst sehen.«

Alexander nickte und brachte seiner Großmutter zuliebe ein mattes Lächeln zustande, bezweifelte aber, daß irgend etwas je wieder in Ordnung kommen würde. Er saß mit den Rozhenkos auf der einen Seite des Terminal-Sicherheitsbüros. Howard Chupek und seine Mutter saßen auf der anderen. Mr. Chupek und Worf standen steif vor dem Schreibtisch des Sicherheitschefs.

Wie zwei Kadetten der Starfleet-Akademie, die sich zum Rapport melden mußten, dachte Alexander verdrossen. Jede Aussicht darauf, die klaffende gefühlsmäßige Lücke zwischen ihm und seinem Vater wieder zu schließen, war nun dahin. Worf würde ihm niemals verzeihen, daß er ihn in diese Verlegenheit gebracht hatte. Wie die Sünden des Vaters in der klingonischen Gesellschaft das Kind entehrten, so entehrten auch die Sünden des Kindes den Vater.

»Ich sehe keinen Grund, warum sich diese unangenehme Situation nicht vernünftig regeln lassen sollte«, dröhnte Worfs tiefe Stimme durch das kleine Büro, obwohl er mit ruhiger Zurückhaltung sprach.

»Vernünftig?« brauste Mr. Chupek auf. »Ihre kleine klingonische Giftspritze hätte Howard in Stücke gerissen, hätten Sie sie nicht aufgehalten, Mr. Worf!«

Howard bedachte Alexander mit einem triumphierenden Grinsen. Seine Selbstgefälligkeit verschwand abrupt, als Alexander ihm einen drohenden Blick zuwarf.

»Mein *Sohn* hat seinen Großvater beschützt«, führte Worf ruhig aus. »Ich billige Alexanders Verhalten nicht, Mr. Chupek. Doch er säße jetzt nicht hier, hätte Ihr Sohn nicht zuerst meinen Vater beleidigt und geschubst.«

Sicherheitschef Clausen sah besorgt von einem Vater zum anderen. Er schien zu befürchten, daß sie den Streit dort fortsetzen würden, wo die Jungs aufgehört hatten.

»Ihren Vater?« Der Mann runzelte unsicher die Stirn.

»Genau.« Worf richtete seine Aufmerksamkeit wieder auf Chief Clausen und nutzte Mr. Chupeks verwirrtes Schweigen. »Mein Sohn durchlebt eine Phase«, fuhr er schnell fort, »die schon unter normalen Umständen für einen jungen Klingonen sehr schwierig ist.«

Was meint er mit ›Phase‹? Alexander verlor plötzlich jedes Interesse an Howard und verlagerte unbehaglich das Gewicht. Er hielt sich nicht für einen Klingonen. Die Vorstellung, nicht damit aufhören zu können, sich wie einer zu benehmen, war sehr beunruhigend.

»Und worauf wollen Sie hinaus, Lieutenant Commander Worf?« fragte Chief Clausen vorsichtig.

»Die derzeitigen Feindseligkeiten zwischen der Föderation und dem Imperium verschlimmern das« – Worf zögerte, suchte nach einem akzeptablen Wort – »Problem noch. Howard Chupeks beleidigendes Verhalten ist ein ausgezeichnetes Beispiel dafür, wieso dem so ist.«

»Mein Sohn hat sich vielleicht nicht anständig benommen«, sagte Mr. Chupek hitzig, »aber eine Beleidigung rechtfertigt wohl kaum das gewalttätige Verhalten Ihres Sohnes!«

Alexander verkrampfte sich und knirschte mit den Zähnen. Die Hand seiner Großmutter schloß sich um sein Gelenk, eine beunruhigende Erinnerung daran, daß der Zorn wieder aufflammen konnte, wenn er ihn auch nur eine Sekunde lang nicht im Zaum hielt.

»Der Junge wurde provoziert.« Ein warnendes Funkeln flackerte in Worfs Augen auf, doch er behielt die Selbstbeherrschung.

»Mr. Chupek«, sagte Chief Clausen streng, »ich würde diese Sache gern klären, ohne daß irreparable Schäden entstehen. Und ich wüßte es zu schätzen, wenn Sie Mr. Worf ohne weitere Unterbrechungen aussprechen lassen würden.«

Chupek nickte, doch seine Wangen färbten sich hellrot.

»Danke, Chief Clausen«, sagte Worf. »Ich bin gerade einzig und allein zur Erde gekommen, um Alexander zu helfen, mit gewissen Veränderungen in seinem Leben fertig zu werden. Wenn Sie ihn in meine Obhut überstellen, gebe ich Ihnen mein Wort als Starfleet-Offizier, daß er keine Schwierigkeiten mehr machen wird.«

»Das kommt überhaupt nicht in Frage!« bellte Mr. Chupek. »Nicht, wenn ich auch etwas dazu zu sagen habe!« Er legte die Hände auf den Schreibtisch und sah den Sicherheitschef wütend an. »Ich werde diesen außerirdischen Randalierer wegen Körperverletzung und versuchten Totschlags anklagen! Sie können ihn doch nicht einfach nur auf das Wort dieses... dieses Klingonen freilassen!«

Alexander atmete scharf ein und rechnete halbwegs damit, daß sein Vater gegen den Menschen handgreiflich wurde, der es gewagt hatte, sein Wort in Frage zu stellen. Das hatte nichts damit zu tun, daß er Starfleet-Offizier war. Es war eine Frage der klingonischen Ehre. *Was ein Klingone versprach, das hielt er auch. Ohne seine Ehre war er nichts.*

Worf würde lieber sterben, als ein Versprechen zu brechen. Alexander verstand nicht, wieso sein Vater sich so inbrünstig an diese wie auch an andere starre klingonische Traditionen klammerte, aber er tat es nun mal. In der klingonischen Gesellschaft hätte Mr. Chupeks tollkühne Behauptung – daß Worf sein Wort brechen würde – zu einem Kampf geführt, der dem unbesonnenen Mann durchaus das Leben hätte kosten können. Doch das einzige Anzeichen für die gewaltige Entrüstung seines Vaters war ein Straffen der Schultern und ein durchdringender Blick aus zusammengekniffenen Augen.

Chief Clausen ließ sich allerdings auch nicht so schnell einschüchtern.

»Da irren Sie sich aber gewaltig, Mr. Chupek.« Der Sicherheitschef erhob sich, und als er sich an Worf wandte, glättete seine Stirn sich. »Da niemand verletzt wurde, kein Sachschaden entstanden ist und dieser Zwischenfall von beiden Jungen gemeinsam verursacht wurde, lasse ich Alexander diesmal noch mit einer Verwarnung davonkommen. Nehmen Sie Ihren Sohn mit nach Hause, Mr. Worf.«

Mr. Chupek schnappte nach Luft, war aber zu aufgebracht, um etwas zu sagen.

Sergei nickte zustimmend.

Helena drückte Alexanders Arm und lächelte. »Siehst

du? Ich habe dir doch gesagt, daß alles in Ordnung kommt.«

Alexander starrte völlig ungläubig drein. Die Nachsicht des Sicherheitschefs überraschte fast so sehr wie die Tatsache, daß sein Vater für ihn eingetreten war und ihn verteidigt hatte. Er war felsenfest überzeugt gewesen, Worf würde darauf bestehen, daß er die Verantwortung für sein unverschämtes Verhalten trug und die Buße leistete, die das Gesetz dafür vorsah.

Andererseits, dachte Alexander, als Worf steif nickte, sich von Chief Clausen abwandte und zu ihm umdrehte, *zieht er es vielleicht vor, mich mit irgendeinem schrecklichen klingonischen Ritual zu bestrafen, das viel schlimmer als alles ist, was das Föderationsgesetz vorsieht.* Als sie noch gemeinsam auf der *Enterprise* gelebt hatten, hatte er dieses frustrierte Stirnrunzeln auf dem Gesicht seines Vaters viel zu oft gesehen.

Worf zeigte auf die Tür und ließ den Rozhenkos und Alexander den Vortritt.

Der Junge stand auf und ging an seinem Vater vorbei. Der unverwandte Blick von Worfs dunklen Augen war so kalt, wie das dunkle Gesicht mit dem Stirnwulst ausdruckslos war. Der Ärger, den er sich blindlings eingebrockt hatte, als er ungestüm seinen Großvater verteidigt hatte, war keineswegs vorbei. Er fing gerade erst an.

Während er von seinen Großeltern flankiert wurde und sein Vater von hinten jede seiner Bewegungen beobachtete, kam er sich vor wie ein zum Tode verurteilter Häftling, der zur Hinrichtung geführt wurde. Niemand sprach, was seine Angst nur vergrößerte. Als sie das Gepäck seines Vaters abgeholt und das Terminal der Regionalshuttles erreicht hatten, waren seine Nerven bis zum Zerreißen gespannt. Er rutschte auf den Vordersitz des Fahrzeugs und brütete schweigend vor sich hin, während sein Vater die Koordinaten des Hauses der Rozhenkos in das automatische Navigationssystem eingab.

Als das Shuttle abhob, beugte Helena sich vor. »Ich koche heute dein Lieblingsessen, Worf.«

Worf drehte sich um. »Rokeg?« fragte er. »Blutpastete?«

»Was denn sonst?« Sergei erschauerte vor Ekel. »Ich habe mich noch immer nicht an das Zeug gewöhnt. Und werde mich wohl auch nie daran gewöhnen.«

Helena tätschelte das Knie ihres Mannes. »Ich mache auch einen Schmorbraten, Sergei. Sag deinem Magen, er kann sich beruhigen.«

Lachend lehnte Worf sich zurück und beobachtete die grünen Hügel und Täler der russischen Landschaft, die unter ihm vorbeizogen.

Die lockere Konversation der Familie und die darauf folgende Stille gingen Alexander noch mehr auf die Nerven. Seine Großeltern sprachen so beiläufig über das klingonische Gericht, als habe sein Vater mal eben nur so vorbeigeschaut und nicht die halbe Galaxis durchquert, um sich mit ihm zu befassen. Sein Leben brach völlig auseinander, und alle taten so, als wäre alles in bester Ordnung.

Als das Shuttle sich über Mirnee Doleena senkte, wand Alexander sich geradezu auf seinem Sitz. Der Anblick der Kleinstadt, in der er wohnte und zur Schule ging, heizte das Feuer nur noch mehr an. Mirnee Doleena bedeutete Friedliches Tal, und die kleine Gemeinde war genau das gewesen, als er zur Erde zurückgekehrt war, um bei seinen Großeltern zu wohnen. Doch die Stadt war keine einladende, ruhige Insel des Friedens mehr. Wegen des Konflikts der Föderation mit dem Klingonischen Imperium und seines unbeherrschbaren Temperaments hatte die örtliche Bevölkerung allen Grund, ihn zu verachten. Dementsprechend mußte er sich nicht nur mit den heftigen Vorurteilen von Fremden auf der Straße befassen, sondern auch mit intoleranten Klassenkameraden, die früher einmal seine Freunde gewesen waren.

Alexander machte ihnen keine Vorwürfe, aber es war ihm nicht möglich, die unfairen und quälenden Peinigungen einfach zu ignorieren. Er hatte nichts zu schaffen mit den Schwierigkeiten zwischen der Föderation und dem Imperium, und er hatte sich *freiwillig* dafür entschieden, trotz seiner vorherrschend klingonischen Abstammung seine Menschlichkeit zu akzeptieren. Die Wutausbrüche waren ihm genauso unwillkommen wie allen anderen.

Doch er konnte nicht weglaufen oder sich abwenden, um ihnen zu entgehen.

Und jetzt stellte sich wieder solch ein Anfall ein.

Er spürte, wie sein Temperament sich wieder der kritischen Masse näherte. Er mußte weg von seinem Vater und seinen Großeltern, so lange, bis er sich beruhigt – oder bis die Wut sich ausgetobt hatte.

Er kämpfte gegen den Zorn an, der in ihm emporstieg. Als das Shuttle auf der Einfahrt aufsetzte, die zum bescheidenen Haus der Rozhenkos hinaufführte, schlug er mit der Hand auf den Türgriff. Als die Tür sich zischend öffnete, sprang er hinaus und lief auf die hohen Bäume zu, die den Garten säumten.

»Alexander!« rief Worf, während der Junge über die sorgsam gepflegten, bunten Rosensträucher seiner

Großmutter sprang. Er reagierte instinktiv auf den scharfen Befehl seines Vaters und wirbelte herum, als er aufsetzte.

»Warte, Alexander.« Worf stürmte aus dem Shuttle, besann sich dann und ging langsam auf ihn zu.

»Alles in Ordnung, Alexander«, sagte Sergei, als er aus dem hinteren Teil der Kabine stieg. »Wir sind nicht wütend auf dich.«

Aber *Alexander* war wütend, und sein Zorn machte ihn für die besorgten Worte taub. Er fühlte sich in die Ecke gedrängt und bis zum Äußersten getrieben und gab der überwältigenden Wut nach.

Einer Wut, die mit jedem neuen Ausbruch stärker und aggressiver wurde.

Einer Wut, die ein Ventil brauchte.

Alexander griff den einzigen Gegenstand an, der in seiner Reichweite war. Kreischend zerrte er Helenas hochgeschätzten Hybridrosenstrauch an den Wurzeln aus dem Boden und zerriß ihn. Empfindliche gelbe Blüten und rote Blätter regneten um ihn herum auf das Gras. Scharfe Dornen gruben sich so tief in seine Haut, daß er blutete. Er bemerkte den Schmerz nicht mal, bis er den Griff um den Stamm verstärkte und damit einen großen Dorn in seine Handfläche trieb. Der Schmerz brachte ihn zur Besinnung. Sein Verstand wurde mit einem qualerfüllten Schrei wieder klar.

Alexander starrte schockiert die zerstörten Überreste des Dornenstrauchs an. Schlaffe Wurzeln baumelten von dem Stamm hinab, den er noch in der Hand hielt. Als er aufschaute, sah er, daß seine Großeltern und sein Vater ihn anstarrten.

Worf schob das Kinn vor.

Sergeis sanfte Augen zeigten stummen Schmerz.

Helena schlug die Hände vor den Mund, und ihr Gesicht war kreidebleich. Die prachtvolle Butter-Beauty-Züchtung, die sie kultiviert, beschnitten und mit solchem Stolz und liebevoller Obhut gehegt und gepflegt hatte, war tot.

Und er hatte sie umgebracht.

Alexander ließ den dornigen Stamm fallen und rannte, was das Zeug hielt. Diesmal konnte die dröhnende Stimme seines Vaters ihn nicht mehr zurückhalten.

3

Man konnte die kleine Stadt vom Anwesen der Rozhenkos zwar bequem zu Fuß erreichen, doch das Haus lang am Rand eines weitläufigen Waldgebiets. Alexander lief über den Rasen und tauchte in die Dekkung der gewaltigen Baumstämme. Seine schlimmste Befürchtung war eingetroffen. Daß er Helenas liebsten Rosenstrauch zerstört hatte, war fast so schlimm, als hätte er sie selbst angegriffen.

Er mied die Wildpfade, die er und sein Großvater auf ihren Spaziergängen am Morgen und Abend immer nutzten, und drang tiefer in den Wald ein. Sergeis und Worfs Rufe wurden vom dichten Blattwerk gedämpft und dann völlig von der Stille der Wildnis verschluckt.

Beschämt und verwirrt lief Alexander weiter. Nicht, weil er Angst hatte, angeschrien oder bestraft zu werden. Er konnte einfach nicht den Schmerz und die Enttäuschung in den Augen seiner Großmutter oder das klingonische Urteil seines Vaters ertragen.

Trockene Blätter raschelten unter Alexanders stampfenden Füßen. Dornensträucher und abgebrochene Äste rissen seine Haut auf und zerfetzten seinen Overall, während er achtlos durch das verhedderte Unterholz stürmte. Als er einen breiten Bach überqueren mußte und von einem moosbedeckten Stein auf den anderen sprang, rutschte er aus und stürzte. Vor Frustration schnaubend, rappelte er sich wieder auf, warf sich in das schnell fließende Wasser und arbeitete sich am anderen Ufer mit Händen und Füßen wieder hinauf. Schlamm und Blätter klebten an seinen nassen Händen, dem Overall und den Haaren, doch er ignorierte dies. Das donnernde Rauschen des Wassers, das bachaufwärts über Felsen herabstürzte, lockte die wilde Essenz seines klingonischen Blutes an, und er lief darauf zu.

Während das Herz heftig gegen seine Rippen hämmerte, blieb Alexander schließlich atemlos stehen. Er war mit dem Ärmel an einem jungen Baum hängengeblieben. Erschöpft riß er sich los, fiel dann ein Stück von dem tosenden Wasserfall entfernt auf die Knie und konzentrierte sich auf den spindeldürren Baum, der im trüben Licht um das Überleben kämpfte. Das Blätterdach, das seine größeren Artgenossen krönte, blokkierte die Sonne. Nachdem Alexander sich nun ausgetobt hatte, wurde er plötzlich von einem betrübten Mitleid für den jungen Baum verzehrt.

Vor Verzweiflung seufzend, setzte Alexander sich auf den Waldboden und stützte den Kopf auf die Arme. Als er spürte, daß sein Vater sich durch den Wald auf ihn zubewegte und ihn dann rufen hörte, sah er weder auf, noch versuchte er, vor ihm wegzulaufen.

»Alexander.« Worf trat zwischen den Bäumen hervor und baute sich neben ihm auf. »Wir müssen reden.«

»Verschwinde einfach und laß mich in Ruhe.«

Der Klingone ließ nicht locker. »Du bist nicht dafür verantwortlich, was heute passiert ist. Ich bin es.«

Alexander schaute scharf auf. »Nein, das bist du nicht! Ich habe Howard Chupek durch das Terminal gejagt und Großmutters Rosenstrauch herausgerissen!«

Worf nickte und setzte sich auf einen in der Nähe liegenden umgestürzten Baumstamm. »Weißt du auch, warum?«

»Ja! Weil ich Klingone bin und Klingonen immer wütend sind und ständig kämpfen wollen!« In Alexanders Augen brannten Tränen.

»Das stimmt nicht«, sagte Worf. »Eine Rasse, die immer wütend ist und *ständig* kämpft, würde nicht lange überleben.«

»Was mit mir passiert, ist nicht komisch!« Früher hatten die Versuche seines Vaters, witzig zu sein, Alexander stets sowohl überrascht als auch amüsiert. Nun waren sie aber nur ein gefährliches Ärgernis, das lediglich das Feuer in Alexander schürte.

»Ich habe nicht versucht, komisch zu sein«, sagte Worf ruhig. »Selbst das Klingonische Imperium braucht Bauern und Handwerker. Wenn jeder ständig kämpfen würde, hätten wir nichts zu essen, keine Häuser, nichts. Wir würden noch mit hölzernen Speeren durch die Wälder streifen.«

»Dann werden klingonische Bauern nicht wütend?« fragte Alexander sarkastisch.

»Das habe ich nicht gesagt.« Worf hielt inne und sah Alexander mit nachdenklicher Besorgnis an. »Wir sind eine höchst aggressive Spezies. Es liegt in unserem Blut, im Kern unseres Wesens – im Kern *deines* Wesens. Aber das ist nicht das Ende der Welt. Es gibt für jedes Problem eine Lösung, und hier ist es nicht anders.«

»Ach ja! Und woher willst du das wissen?« Alexander sprang auf und funkelte seinen Vater wütend an. Worf sprach mit dem ruhigen Verständnis mit ihm, das er sich immer gewünscht hatte, als sie gemeinsam auf der *Enterprise* gewesen waren. Warum war er plötzlich so wütend auf ihn? Verwirrt und frustriert schritt er auf und ab.

»Ich weiß es, weil auch ich Klingone bin.«

Alexander ging weiter, war zu sehr damit beschäftigt, gegen seine wachsende Erregung anzukämpfen, um seinem Vater zu antworten.

»Dein Körper durchlebt einige starke physische Veränderungen, die damit zu tun haben, daß du erwachsen wirst«, erklärte Worf ihm. »Und diese Veränderungen verursachen die Gewaltausbrüche.«

»*Das* meintest du also in Chief Clausens Büro mit ›Phase‹.«

»Ja.« Worfs Gesicht bewölkte sich leicht, als hätte er kurz an etwas ganz anderes gedacht. »Jeder junge Klingone hat Schwierigkeiten, den Drang zu beherrschen, der ihn zu einem großen Krieger macht.«

»Also kann man nichts dagegen tun? Ich muß *damit* leben?« So etwas hatte er vermutet, seit die Wutanfälle vor ein paar Wochen angefangen hatten, doch daß sein Vater die schreckliche Wahrheit bestätigte, war trotzdem ein Schock. Eins hatte er schon immer genau gewußt, und er hatte es seinem Vater gesagt, als sie sich an Bord der *Enterprise* besser kennenlernten. Er *wollte* kein Krieger sein!

Der gefühlsmäßige Konflikt entfesselte Alexanders angeborene Kriegermentalität noch mehr. Sein Blut brannte heißer und schärfte seine Sinne. Er nahm jedes Blatt, jeden Zweig genau wahr, und jede Geräuschnuance hallte kristallklar in seinen Ohren. Der scharfe Geruch verfaulender Blätter und stechend riechender Pilze quälte seine Nase. Er war sich deutlich jedes noch so feinen Dufts bewußt, der in der stehenden Luft emporstieg.

Worf bewegte sich zögernd. »Du mußt mit deinen klingonischen Genen leben…«

Die Stimme seines Vaters verschmolz mit den Geräuschen des Waldes, doch Alexander vernahm sie kaum. Seine Aufmerksamkeit wurde völlig von einem verlockenden Geruch in Anspruch genommen.

Warme Muskeln und Fell.

Beute.

Ein Kaninchen kauerte links von ihm im Dickicht, ganz still, abgesehen von der zuckenden Nase und den sich hebenden und senkenden Flanken.

»…aber das heißt nicht, daß du den Drang nicht überwinden kannst, den sie auslösen.«

Der Geruch der Furcht war unwiderstehlich. Alexander spannte sämtliche Muskeln an und genoß einen Augenblick lang die Erwartung, die durch seine Jägeradern floß. Dann sprang er. Mit einer Schnelligkeit und Agilität, von der er gar nicht wußte, daß er sie hatte, ergriff er das sich duckende Kaninchen und zerrte es aus dem Busch. Während seine Brust sich vor Begeisterung hob, packte er das vor Angst erstarrte Tier an der Kehle und wirbelte zu seinem Vater herum.

»Du bist überaus geschickt, Alexander. Wären wir auf einer Ritualjagd, wäre ich sehr stolz auf deine Fertigkeiten.« Worf erhob sich langsam und trat zu ihm. »Hast du Hunger?«

Die unverblümte Frage störte Alexanders Triumphgefühl, dämpfte aber nicht den Jagd- und Tötungsinstinkt. Sein Puls raste, und seine Hand schloß sich um den zerbrechlichen Hals der Beute. Es wäre so einfach, das Leben aus dem baumelnden Körper zu drücken, doch sein Verstand rebellierte dagegen, sinnlos zu töten.

»Nein…« Alexanders Stimme war ein rauhes Kratzen. »Ich habe keinen Hunger.«

»Warum hältst du dieses Kaninchen dann im Todesgriff?«

Weil ich es töten will! Alexander zitterte, während die Vernunft gegen die genetischen Instinkte in ihm ankämpfte. *Aber ich will es doch gar nicht töten!*

»Wir sind nicht auf einer Ritualjagd, auf der du deine Fähigkeiten unter Beweis stellen sollst«, fuhr Worf ruhig fort. »Es ist kein Fest geplant, auf dem wir deine Beute verzehren können, und du bist nicht hungrig.«

Alexander konzentrierte sich auf die Stimme seines Vaters.

»Es liegt keine Ehre darin, grundlos ein Leben zu nehmen. Das Töten wird bedeutungslos, wenn man es nur aus Zorn oder Frustration tut. Verstehst du das?«

Verzweifelt nickte Alexander, ließ das Kaninchen aber nicht los. Seine Hand wollte das verängstigte Tier erwürgen. Sein Verstand wollte es laufenlassen. Er stand unentschlossen da, gefangen zwischen seinem primitiven Drang und seinen zivilisierten Werten, und das Leben des unglückseligen Kaninchens hing in der Schwebe.

»Willst du das Kaninchen laufen lassen?«

Erneut nickte Alexander nur. Er hatte Angst, sich zu bewegen, da sein klingonisches Blut den Sieg über seine Vernunft davontragen könnte. Eine Bewegung, und das Kaninchen in seiner Hand war tot, und nichts konnte diesen Tod ungeschehen machen. Es gab keine zweite Chance.

»Konzentriere dich auf deine Hand, Alexander. Sie ist lediglich eine Erweiterung von dir. Ein Werkzeug, das tut, was du ihm befiehlst. Mehr nicht.« Worf sprach mit monotonem, beruhigendem Tonfall und erwiderte Alexanders verängstigten Blick. »Du sagst diesem Werkzeug, was es zu tun und zu lassen hat, Alexander. Öffne die Hand.«

Vor Anstrengung zitternd, lockerte Alexander den Griff. Das Kaninchen rührte sich leicht. Die Bewegung erregte den Jäger, und die Hand schloß sich wieder. Schweiß perlte auf seiner zerfurchten Stirn, während er sich konzentrierte, sich zwang, in die Hocke zu gehen, den Drang zum Töten in Schach zu halten.

»Nimm deine Hand zurück, Alexander. Du beherrscht sie, und sie wird tun, was du ihr befiehlst.«

Alexander ließ das gefangene Kaninchen zu Boden und starrte seinen Vater an, während er seiner Hand seinen Willen aufzwang. Seine Finger öffneten sich. Benommen und schlaff vor Furcht, stürmte das Tier nicht sofort in die Freiheit davon. Es saß einfach neben seiner offenen Hand, verhöhnte den Jäger und stellte seine Willenskraft auf die Probe.

Und dann war es weg.

Als das Kaninchen ins Unterholz davonjagte, keuchte Alexander auf und brach zusammen.

Worf ließ sich neben ihm auf ein Knie sinken. »Es gibt eine Lösung, und du hast gerade den ersten Schritt unternommen. Indem du das Kaninchen losgelassen hast, hast du bewiesen, daß *du* Herr deiner Handlungen und deines Schicksals bist. Dein klingonisches Blut kann dich nicht beherrschen.«

Alexander richtete sich in eine sitzende Position auf und seufzte müde. »Ich hätte es fast getan. Du kannst dir nicht vorstellen, wie schwer es war, das Kaninchen nicht zu erwürgen.«

»Doch, das kann ich«, sagte Worf mitfühlend. »Der Kampf wird nicht einfach sein, doch du kannst ihn gewinnen.«

Das hoffe ich, dachte Alexander. Das Leben des Kaninchens hatte an einem Faden gehangen, der für sein Empfinden viel zu dünn gewesen war, und ihm wurde schlecht. Die Triebe des klingonischen Kriegers waren mächtiger, als er es sich vorgestellt hatte, und wurden immer stärker.

Was, wenn er nicht lernen konnte, sie einwandfrei zu beherrschen?

In den vergangenen Wochen hatte er sich zu oft gewünscht, Jeremy Sullivans höhnischen Beleidigungen Einhalt zu gebieten, indem er ihn erwürgte.

4

Beim Frühstück am nächsten Morgen wurde Alexander sich nur allzu deutlich bewußt, daß seine Großeltern sich bemühten, alles zu unterlassen, was ihn vielleicht aufregen würde.

Und das regte ihn auf.

Wäre er ein Menschenkind und nicht zu drei Vierteln Klingone, müßten sie keine Angst haben, daß er wegen irgendeiner unschuldigen Bemerkung oder eines kleinen Zwischenfalls in Rage geriet und durchdrehte.

»Sei vorsichtig, Alexander«, sagte Helena, als sie einen Teller mit frisch gebackenen Keksen auf den Tisch stellte. »Sie sind noch heiß, ich habe sie gerade aus dem Ofen genommen.«

Alexander nickte und betrachtete die Kekse, die seine Großmutter noch auf die altmodische Weise machte. Sie hatten zwar einen Replikator, doch sie zog es vor, alle Zutaten selbst abzuwiegen und zu vermischen. Er hatte Hunger und konnte es nicht abwarten, bis die dampfenden Kekse abgekühlt waren. Er nahm einen, atmete zischend ein und ließ ihn auf den Teller fallen.

Sergei erstarrte, während er eine Gabel mit Bratkartoffeln an den offenen Mund hob, und warf ihm einen Blick zu, als bekäme er jeden Augenblick einen Wutanfall und würde die Küche demolieren.

Helena lächelte verkniffen. »Möchtest du dir die Hand unter kaltes Wasser halten?«

Alexander schüttelte den Kopf und knirschte mit den Zähnen, um einen Wutausbruch zu ersticken. Er war nicht wütend, weil er so dumm gewesen war und sich verbrannt hatte. Er war auch nicht darauf wütend, daß die Rozhenkos befürchteten, er könne gewalttätig reagieren. Er war wütend auf die klingonischen Gene, die die Wutanfälle auslösten und seinen Großeltern allen Grund zur Besorgnis gaben.

Und weil er nichts dagegen tun konnte.

»Du hast heute doch noch nichts vor, oder?« Sergei schob die Bratkartoffeln in den Mund, kaute und sah Alexander an.

»Natürlich nicht.« Helena knuffte zärtlich Sergeis Schulter und setzte sich. »Er hat doch gewußt, daß sein Vater kommt.«

Alexander seufzte. Vor gar nicht so langer Zeit hätte er noch ernsthaft überlegen müssen, ob er den Tag nun lieber mit seinen Freunden oder mit Worf verbrachte. Doch nun schien es schon Ewigkeiten her zu sein, seit er zum letzten Mal ins Holokino gegangen war, mit anderen Jungs Fußball gespielt oder einfach nur in der Stadt im Galactic Café gesessen und sich mit Eiscreme vollgestopft hatte. Es machte einfach keinen Spaß, allein rumzuhängen, und keiner seiner alten Freunde spielte mehr mit ihm.

»Nein, ich habe nichts vor.« Alexander nahm den Keks, den er fallen gelassen hatte, und strich Butter darauf. »Warum?«

»Na ja...« Sergei schluckte. »Worf dachte, du würdest heute morgen gern bei seinem *Mok'bara*-Training mitmachen.«

»Ich habe deine Sachen schon rausgelegt.« Helena zeigte auf einen ordentlich zusammengefalteten Stapel weißer Kleidung auf der Küchenzeile. »Nur für alle Fälle.«

»Er wartet draußen auf dich.« Sergei griff nach einem Keks. »Natürlich nur, wenn du willst.«

Alexander zögerte und runzelte die Stirn. »Warum hat Vater mich gestern abend nicht selbst gefragt?«

Helena seufzte traurig und zuckte mit den Schultern. »Vielleicht hat er dich nicht unter Druck setzen wollen. Oder er wollte sich einfach keine Absage einhandeln.«

Alexander nickte. Er hatte es sich zur Gewohnheit gemacht, fast alle von Worfs Vorschlägen zurückzuweisen, ihm irgend etwas beizubringen, was mit der klingonischen Kultur zu tun hatte. Aber diesmal nicht. Er wußte, wie hart die Übungseinheiten seines Vaters sein konnten, und wenn er nun mitmachte, würde er wahrscheinlich auf Tage hinaus zu erschöpft sein, um einen weiteren Wutanfall zu bekommen.

Alexander hatte die weiße, nur von einem Gürtel zusammengehaltene Jacke und die dazu passende Hose angezogen und ging zu seinem Vater auf den Rasen hinter dem Haus hinaus. Vielleicht spürte Worf, wie nervös er war; jedenfalls machte er mit ihm ein paar allgemeine Lockerungsübungen, bevor er dann mit dem eigentlichen *Mok'bara*-Ritual anfing.

»Was ist mit der grünen Lampe passiert, die früher in der Diele stand?« fragte Worf beiläufig, während er den Kopf zurücklegte und dann von rechts nach links drehte. »Hat deine Großmutter sie endlich auf den Müll geworfen?«

»Nein.« Alexander ahmte die Bewegungen seines Vaters nach. »Ich habe sie endlich zerbrochen.«

Worf blinzelte nicht mal. »Das war wohl unvermeidlich.«

»Das hat Großmutter auch gesagt.« Alexander schob die Schultern vor und zurück und versuchte, nicht zu lächeln. Als Helena die Überreste der alten Lampe gefunden hatte, die er versehentlich vom Tisch in der Diele gestoßen hatte, hatte sie gelacht. Als Kind hatte Worf auch einige Zusammenstöße mit dieser Lampe gehabt und sie mehrmals heruntergeworfen, allerdings niemals so heftig, daß sie dann auch tatsächlich zerbrochen war.

»Was hat sie gesagt?« In Worfs tiefer Stimme lag nur ein Hauch von Besorgnis.

»Es sei ein Wunder gewesen, daß die Lampe einen Klingonen überlebt hat. Zu erwarten, daß sie zwei übersteht, sei töricht.«

Worf lachte und streckte sich. »Deine Großmutter ist eine sehr kluge Frau.«

Ja, das ist sie, dachte Alexander nüchtern. Sie kannte ihren Adoptivsohn und Enkelsohn besser, als die beiden sich kannten, und hatte sie ein zweites Mal zusammengeführt. Die Angst, die er empfunden hatte, bevor Worf am Terminal das Shuttle verlassen hatte, war unbegründet gewesen. Sein Vater hatte ihn wegen des Zwischenfalls mit Howard Chupek nicht bestraft, ihm lediglich Verständnis entgegengebracht. Vielleicht war die Kluft, die ihn und Worf trennte, doch nicht so groß, wie er geglaubt hatte.

Worf war mit seinen Aufwärmübungen fertig und wurde plötzlich ernst. »Das *Mok'bara* ist eine der wirksamsten Disziplinen, die junge Klingonen einsetzen, um die Gewalt der Pubertät zu beherrschen. *Falls* sie sie beherrschen wollen.«

Alexander runzelte argwöhnisch die Stirn. »Willst du damit sagen, daß viele Klingonen lieber kämpfen?«

»Das liegt in unserer Natur, und man kann dem Drang nur schwer widerstehen.«

»Gestern hast du aber etwas anderes gesagt«, erwiderte Alexander hitzig. »Nämlich…«

»Ich weiß, was ich gesagt habe«, unterbrach Worf ihn scharf. »Als ich im Kloster Boreth war, nachdem die *Enterprise* auf Veridian Drei zerstört wurde, wollte Meister Lourn mich davon überzeugen, daß wir Klingonen unsere gewalttätige Natur nicht überwinden können und wegen unserer angeborenen aggressiven Tendenzen absichtlich Konflikte schaffen werden, wo keine sind. Ich *weiß*, daß das nicht stimmt. Klingonen können sich durchaus über ihre Instinkte erheben – wenn sie es wollen.«

Alexander verschränkte die Arme vor der Brust und legte den Kopf auf die Seite. Er schien Worfs Behauptung nicht so recht glauben zu wollen. »Bestimmt?«

»Mir ist es schließlich auch gelungen.« Worf runzelte leicht die Stirn, doch der flüchtige, schmerzvolle Schatten in seinen Augen verschwand schnell wieder. »Das *Mok'bara* hat mir geholfen. Hätte ich dich zu einer klingonischen Schule geschickt, als du damals auf die *Enterprise* kamst, hättest du diese Techniken schon vor Jahren erlernt.«

Alexander zuckte mit den Achseln. »Vielleicht, aber ich bin trotzdem froh, daß ich statt dessen bei dir geblieben bin.« Er hatte sich einfach nie für die Kampfsportart *Mok'bara* interessiert. Sie war so… klingonisch. Nun war er so verzweifelt, daß er einfach alles versucht hätte. Er konnte sich zwar nicht ganz vorstellen, daß ein Ritual, das dazu gedacht war, sein Geschick als

Kämpfer zu entwickeln, ihm dabei *helfen* konnte, die Kampflust zu *beherrschen*, doch Worf sprach mit solcher Überzeugung, daß er sich entschloß, es einmal damit zu versuchen.

»Ich bin auch froh, daß du geblieben bist. Aber anscheinend habe ich dich vieles, was du wissen mußt, nicht gelehrt. Zum Beispiel ist es nicht ehrenhaft, Schwächere anzugreifen, nur weil man seinen Zorn nicht im Zaum halten kann.«

»Howard Chupek hat deinen Vater beleidigt!« Vor Wut schäumend, knirschte Alexander mit den Zähnen.

»Aber es gab andere Möglichkeiten, sich mit dieser Situation zu befassen«, erklärte Worf geduldig. »Es mag in der klingonischen Gesellschaft akzeptabel sein, jemanden zum Kampf herauszufordern, um eine Beleidigung zu rächen. Hier ist es das nicht. Ich hätte damit rechnen müssen, daß du deinem derzeitigen Problem nicht entrinnen kannst, und Maßnahmen ergreifen sollen, die dich darauf vorbereiten, dich damit zu befassen.«

»Du hast es versucht«, sagte Alexander ganz ehrlich, erleichtert, daß der aufwallende Zorn verebbte. »Ich wollte nichts davon wissen.«

»Das war damals. Heute ist heute.« Worf trat vor den Jungen und nahm die Grundstellung ein, spreizte breit die Beine und beugte den Oberkörper leicht vor. »Beobachte mich und merke dir genau, was ich tue. Wenn ich aufhöre, vollziehst du die Bewegungen so gut nach, wie du kannst.«

Alexander betrachtete genau die beherrschte Haltung seines Vaters und prägte sich die langsamen, bewußten Bewegungen seiner Hände und Arme ein. Als Worf innehielt, versuchte er, die Übung nachzumachen. Seine Bewegungen kamen ihm im Vergleich mit der kräftigen Anmut, die sein Vater an den Tag legte, unbeholfen und schwerfällig vor. Daß er dieses klingonische Ritual an einem strahlend sonnigen Morgen im Garten der Rozhenkos durchführte, trug nur zu seinem Gefühl bei, in der Welt, in der zu leben er sich entschieden hatte, völlig fehl am Platz zu sein. Die bunten Blumen, die Bäume, schwer von Obst, die steinernen Vogeltränken und die hölzernen Klettergerüste waren kaum die angemessene Umgebung für die anstrengende *Mok'bara*-Übung. Dieses eine Mal war er froh, daß es in der Nähe keine Nachbarn gab, die sie beobachten konnten.

»Die Form klärt den Geist«, sagte Worf. Er bewegte die Hände vorwärts, atmete dann scharf ein und verharrte mitten in der Geste. »Wenn dir die Bewegungen in Fleisch und Blut übergehen, verbinden sie deinen Körper und Geist in einem natürlichen Fluß, und das hilft dir, größere Kontrolle auszuüben.«

»Ich komme mir lächerlich vor.« Alexander bedauerte die Worte augenblicklich. »Ich meine«, fügte er schnell hinzu, um die Bemerkung ins richtige Licht zu rücken, »ich habe hier im Garten schon Kosak gespielt, der gegen die europäischen Invasoren kämpfte. Führen Klingonen solche Rituale nicht in uralten Höhlen mit Fackeln und so weiter durch?«

Worf erstarrte und drehte dann langsam den Kopf. »Nein. Offensichtlich habe ich deine klingonische Ausbildung stärker vernachlässigt, als ich dachte. Aber dazu werden wir später kommen. Und was das *Mok'bara* betrifft... das ist eine Disziplin des Geistes *und* des Körpers. Es spielt keine Rolle, an welchem Ort man die Übung durchführt.«

»Oh. Tut mir leid.« Als Worf die Übung wieder aufnahm, sah Alexander aufmerksam zu. Auch wenn es sonst nichts bringen sollte, sagte er sich, während er konzentriert eine komplizierte Folge schneller Stöße und Drehungen ausführte, würde er vielleicht lernen, besser zu kämpfen. Und das konnte nichts schaden. Er war der einzige Klingone in seiner Schule – einer gegen dreihundert.

Nach einer halben Stunde der zermürbenden Konzentration entspannte Worf sich und deutete auf eine steinerne Bank unter einem großen, schattenspendenden Baum. »Das reicht für heute.«

Alexander nickte. Er fühlte sich von der ständigen geistigen und körperlichen Anspannung, die die *Mok'bara*-Übungen hervorriefen, sowohl ausgelaugt als auch belebt. Seine sonstigen sportlichen Aktivitäten waren eher auf Körperertüchtigung ausgerichtet, die die Muskelkraft, Beweglichkeit und Ausdauer stärkte, ohne solch strenge Anforderungen an den Geist zu stellen. Doch er war in ausgezeichneter körperlicher Verfassung, und seine Müdigkeit überraschte ihn. Er wollte sie nicht wahrhaben und setzte plötzlich zu einem Sprint über den Rasen zu den Klettergerüsten an, die sein Großvater ihm aus Baumstämmen gebaut hatte. Er sprang mit einer gestreckten Flanke mit halben Drehung über das bockähnliche Gebilde, landete sicher auf den Füßen und riß die Arme hoch.

Worf brüllte mit klingonischer Begeisterung auf und stieß eine Faust in die Luft.

Grinsend lief Alexander zu ihm und ließ sich auf die Bank plumpsen. Er schenkte aus dem Krug, den Helena auf den Seitentisch gestellt hatte, Limonade in zwei Gläser ein und gab eins davon seinem Vater.

»Ich wußte gar nicht, daß du so sportlich bist«, sagte Worf. »Bist du in der Schulmannschaft?«

»Nein.« Alexander runzelte die Stirn und schüttelte den Kopf. Die Frage trübte seine Stimmung so sicher, wie eine plötzlich herannahende Gewitterwolke die Sonne verdeckt hätte.

»Es überrascht mich, daß der Sportlehrer nicht darauf bestanden hat.« Worf machte ein verdrießliches Gesicht. »Ein Sportler mit deinen Fähigkeiten würde den Sieg für die Schulmannschaft gewährleisten.«

»Der Sportlehrer weiß nichts davon«, murmelte Alexander. Außerdem waren Jeremy Sullivan und Kim Ho in der Schulmannschaft. Und sie würden keinen Klingonen willkommen heißen, ganz egal, wie gut er war.

Worf zog noch überraschter eine Braue hoch. »Wie kann er nichts davon wissen? Nimmst du beim Sportunterricht nicht am Geräteturnen teil?«

»Doch. Das ist Pflicht.« Alexander wich der vollständigen Wahrheit aus und verlagerte unbehaglich das Gewicht.

»Aber du zeigst dort nicht, was du wirklich kannst.«

Alexander kniff die Augen zusammen und nickte dann. Die Auffassungsgabe seines Vaters war erstaunlich. Es war schon vor dem Ausbruch des neuen Konflikts zwischen den Klingonen und der Föderation schwer genug gewesen, der einzige seiner Art an der Schule zu sein. Schon damals hatte er schnell herausgefunden, daß er sich nicht gerade Freunde machte, wenn er seine überlegenen sportlichen Fähigkeiten zur Schau stellte. Und wenn er nun mit seinen Fähigkeiten protzte, würde er nur noch mehr Schwierigkeiten mit seinen Klassenkameraden bekommen, die ihn sowieso nicht ausstehen konnten. Und Ärger hatte er mehr als genug. Dafür sorgten schon Jeremy Sullivan, Kim Ho und Bernard Umbaya.

»Ich wünsche mir oft, ich hätte die Willenskraft gehabt, meiner völlig auf Konkurrenzdenken ausgerichteten Natur zu widerstehen, als ich in deinem Alter war. Wäre ich selbstsicher genug gewesen, um meine Fähigkeiten zu verbergen...« Worf hielt inne. Sein Blick schien in die Ferne gerichtet zu sein.

»Was?« Völlig verwirrt warf Alexander ihm einen Blick zu. Während der Zeit, die sie zusammen verbracht hatten, hatte Worf ständig etwas gesagt oder getan, das ihn überraschte. Doch mit solch einem Kompliment hatte sein Vater ihn noch nie bedacht. Zu seiner Schande war die Annahme seines Vaters falsch. »Ich halte mich nicht zurück, weil ich solch eine Willenskraft habe. Ich zeige niemandem, was ich leisten kann, weil ich ein Feigling bin.«

»Du bist vieles, Alexander, aber kein Feigling.«

»Doch, das bin ich.« Das Eingeständnis schmerzte Alexander tief in seiner menschlich-klingonischen Seele, doch er hatte vor langer Zeit versprochen, seinen Vater nie wieder zu belügen. »Ich habe Angst, daß all meine Klassenkameraden gemeinsam über mich herfallen werden.«

»Ich verstehe.« Worf seufzte. »Würdest du dich wehren, um dich zu verteidigen?«

»Natürlich!« Alexander setzte sich entrüstet zurück. »Aber ich würde wahrscheinlich verlieren.«

»Es gibt viel Unehrenhafteres, als einen unfairen Kampf zu verlieren.«

»Was denn, zum Beispiel?«

Worf seufzte. »Zum Beispiel, dermaßen davon überzeugt zu sein, daß man etwas besser kann als alle anderen, daß deshalb völlig unnötig ein Freund stirbt.«

Alexander schnappte nach Luft. »Das hast du nicht getan! Das könntest du nicht getan haben!«

»Nicht absichtlich, nein.« Worfs Augen füllten sich mit Trauer. »Bevor wir hierhergezogen sind, lebten deine Großeltern und ich mehrere Jahre auf der Farmwelt Gault. Als ich dreizehn war, war ich Kapitän der Fußballmannschaft meiner Schule. Da es bei einem Spiel, das ich unbedingt gewinnen wollte, unentschieden stand, schubste ich einen Mannschaftskameraden beiseite, um eine Flanke abzufangen, die eigentlich ihm galt. Ich stieß Michael so hart an, daß er sich den Hals brach und einen Tag später starb.«

Sprachlos sah Alexander seinen Vater an. Der eindringliche Schmerz war nur in Worfs Augen deutlich sichtbar.

Worf legte eine Hand auf Alexanders Knie und drückte fest zu. »Da wurde mir klar... weil ich größer und stärker war, mußte ich lernen, meine aggressive Natur im Zaum zu halten. Ich möchte nicht, daß auch du diese Lektion auf die harte Tour lernen mußt.«

»Ich auch nicht«, flüsterte Alexander und mußte daran denken, wie er sich im Terminal gefühlt hatte. Hätte sein Vater ihn nicht aufgehalten, würde Howard Chupek jetzt im Krankenhaus liegen – oder in der Leichenhalle. »Ich werde lernen, mich zu beherrschen. Ich muß es einfach lernen.«

Worf nickte. »Es wird nicht einfach sein, vor allem, wenn deine Freunde dich provozieren, wie Howard Chupek es tat.«

»Ich kann es schaffen.« Alexander betrachtete seinen Vater mit grimmiger Entschlossenheit. »Und ich verspreche, ich werde nie wieder eine Schlägerei anfangen oder irgend etwas zerbrechen, wenn ich einen Wutanfall bekomme.«

»So ein Versprechen solltest du nicht leichthin geben, Alexander. Ich weiß, wie schnell der Zorn einen überkommen kann.« Erneut umspielte der Ansatz eines Lächelns Worfs Mundwinkel. »Ich erinnere mich an einen Glastisch auf der *Enterprise,* der ein besonders spektakuläres Opfer war, als ich frustriert war und die Beherrschung verlor. Das war nicht das erste Mal, daß es mir nicht gelang, mich zurückzuhalten, und wird vielleicht auch nicht das letzte Mal gewesen sein.«

»Mein *Ehrenwort*!« Alexanders Augen blitzten. Dieser Eid brachte eine höhere Verpflichtung mit sich als jede Selbstbeherrschung. Wie sein Vater und alle Klingonen würde er lieber sterben, als sein Ehrenwort zu brechen.

»Eine Woche lang«, sagte Worf ernst. »Das ist ein vernünftiges Ziel und eins, das du erreichen kannst. Du kannst deinen Schwur in sieben Tagen erneuern, wenn wir den Tag der Ehre begehen.«

»Na schön. Zuerst einmal also eine Woche.«

»So sei es.« Worf stellte sein Glas ab und erhob sich. »Uns bleiben noch der heutige und der morgige Tag, bevor du wieder zur Schule mußt. Ich rate dringend dazu, deine *Mok'bara*-Unterweisung fortzusetzen. Danach werde ich dich einige alte Meditationstechniken lehren, die mir geholfen haben.«

Als Alexander seinem Vater zurück auf die Rasenfläche folgte, wurde ihm klar, wie ironisch die Situation eigentlich war. Nachdem er den Großteil seines jungen Lebens seine klingonische Herkunft verleugnet hatte, brachte ihn die Entdeckung, daß er sich ihr stellen und seine genetischen Neigungen akzeptieren *mußte,* um gegen sie ankämpfen zu können, gewaltig aus dem Gleichgewicht. Ohne Kenntnisse über seine Natur und vernünftige Ausbildung in klingonischen Methoden würde er blind und ohne Rüstzeug kämpfen und einfach nicht gewinnen können.

Und früher oder später würde er jemanden verletzten – oder ihm etwas noch Schlimmeres antun.

5

»Aus dem Weg, Klotzkopf!« Bernard Umbaya stieß Alexander beiseite, lachte und setzte den Weg den Korridor entlang fort. Es war große Pause, und ziemlich viele Schüler hielten sich hier auf.

Als Alexander rückwärts gegen den Schrank mit seinem Schließfach stolperte, fiel ihm der Minicomputer aus der Hand. Und als er sich bückte, um das Kompaktgerät aufzuheben, stampfte ein Fuß darauf.

Ein tellaritischer Austauschschüler, der gerade zufällig vorbeiging, schnaubte vor höhnischem Abscheu. Zwei Mädchen, die in die entgegengesetzte Richtung gingen, kicherten.

»Nimm den Fuß weg!« fauchte Alexander und sah dann zu Jeremy Sullivans mürrischem Gesicht hoch.

Irgendwie war es ihm in den vergangenen zwei Tagen gelungen, eine direkte Konfrontation mit Jeremy und seinen Freunden zu vermeiden. Mit Hilfe der geistigen *Mok'bara*-Techniken, die sein Vater ihm beigebracht hatte, hatte er es auch geschafft, sich ungerührt zu geben und die Selbstbeherrschung zu wahren, wenn die anderen Kinder ihn gemieden oder beleidigt hatten. Viele von ihnen hatten es schon aufgegeben, ihn provozieren zu wollen. Seine vorgetäuschte Gleichgültigkeit verdarb ihnen die Freude daran. Jeremy ließ sich jedoch nicht so leicht entmutigen.

»Dein Handcomputer gehört nicht auf den Boden, Klingone!« Während seine blauen Augen vor Arroganz funkelten, hob Jeremy den Fuß und stieß den Minicomputer dann davon, als Alexander danach griff. Das Gerät schepperte über den Boden und knallte dann gegen die gegenüberliegende Wand.

Alexander erstarrte, zählte stumm bis zehn und versuchte, den Zorn zu beherrschen. Sein Puls und die Atmung beschleunigten sich, während er dem rothaarigen Jungen in die Augen sah. Er zählte weiter, wünschte sich verzweifelt, Jeremy würde sich einfach trollen, bevor die Wut den Sieg davontrug. Aber Jeremy rührte sich nicht, und plötzlich tauchte Kim Ho neben ihm auf. Alexander stand mit dem Rücken an der Wand und war von seinen Feinden umzingelt. Automatisch nahm er eine Verteidigungsposition ein und ballte die Hände zu Fäusten.

»Du machst mir keine angst, Alexander.« Jeremy beugte sich vor. Seine Stimme war tief und einschüchternd. »Starfleet-Offiziere haben keine Angst vor klingonischen Hunden wie dir.«

Kim warf einen unbehaglichen Blick auf Alexander. »Wir sind noch keine Starfleet-Offiziere«, sagte er.

»Aber wir werden welche sein.« Jeremy schob das Kinn vor, und sein haßerfüllter Blick bohrte sich in Alexanders Augen.

Alexander erwiderte den Blick und ballte noch wütender die Fäuste, bis seine harten Fingernägel sich in die Haut seiner Handflächen gruben. Noch ein Wort, und Jeremy Sullivan würde sich mit gebrochenem Kiefer im Krankenzimmer der Schule wiederfinden.

»Hör auf.« Kim zerrte an Jeremys Ärmel. »Sonst kommen wir zu spät.«

Jeremys kalter Blick blieb auf Alexander gerichtet, als Kim ihn weiterzerrte. »Sei bloß vorsichtig, Klingone.«

Alexander spürte, daß der Zorn seiner Kontrolle zu entgleiten drohte, wirbelte herum und hämmerte die Faust gegen den Schrank mit den Schließfächern. Als er einen erstickten Schrei vernahm, riß er den Kopf herum und schnappte nach Luft.

Suzanne Milton stand vor ihm, die braunen Augen vor Besorgnis und Unsicherheit weit aufgerissen, und hielt krampfhaft seinen Handcomputer fest. Sie reichte ihn ihm. »Den hast du fallen lassen.«

Alexander schluckte heftig und nahm das Kompaktgerät dann selbstbewußt entgegen. Suzanne saß im Physiksaal hinter ihm, und er war sich ihrer in letzter Zeit unbehaglich bewußt geworden. Sie hatte langes, fließendes braunes Haar und Sommersprossen, und er hatte sie oft ertappt, wie sie ihn mit zurückhaltender Neugier beobachtet hatte. Davon überzeugt, daß sie jeden freundlichen Annäherungsversuch zurückweisen würde, hatte er nicht den Mut aufgebracht, ein Gespräch mit ihr anzufangen. Doch als sie nun vor ihm stand, mit ihm sprach und freundlich war, brachte er plötzlich kein Wort heraus.

»Jeremy kann manchmal so ein Blödmann sein.« Suzanne lächelte schüchtern.

»Danke.« Alexander erwiderte das Lächeln und war entsetzt, als es sich plötzlich in ein gutturales Schnauben verwandelte.

Suzanne drehte sich mit überraschter Entrüstung um und ging davon.

»Es tut mit leid. Ich…« Alexander sank gegen den Schließfachschrank und sah ihr nach, wie sie in ihren Klassenraum ging. Dieses muntere, hübsche Mädchen war die einzige Person in der Schule, die ihm gegenüber seit Wochen freundlich gewesen war! *Den* Fehler würde sie nicht mehr machen, davon war er überzeugt. Er hatte ihr ins Gesicht gefaucht! Kein Wunder, daß Menschen Klingonen verachteten.

Alexander gab seinen Kode ein, öffnete das Schließfach und nahm einen Datenstab heraus. Er hatte die Bibliotheksbefugnis zuvor in den Paß eintragen lassen. Obwohl er mit seinem Handcomputer Zugriff auf alle Informationen bekam, die er für seine Arbeit über Thermaldynamik benötigte, zog er es vor, in der Bibliothek und nicht im Hausaufgabenraum zu arbeiten. Die Reihen der Computer und die langen, hohen Regale mit den altmodisch gebundenen Büchern boten eine Abgeschiedenheit, die in einem offenen Klassenzimmer nicht möglich war.

Als er die Treppe zum ersten Stock hinauftrottete, nahm er nur verschwommen das Schnauben und die geflüsterten Kommentare der anderen Schüler wahr, an denen er vorbeiging. Sein Zorn auf sich selbst, weil er Suzanne angeknurrt hatte, war wesentlich gefährlicher und explosiver als der, den er auf irgendwen sonst richtete. Er stellte sich vor, daß er einen trügerischen Berg emporstieg, eine mentale Übung, die seine Gedanken auf seine Füße konzentrierte, so daß er nicht mehr an den beunruhigenden Zwischenfall mit Suzanne denken mußte.

»Hallo, Alexander.« Die Bibliothekarin, Miss Marconi, lächelte verkrampft, als er ihr den Paß gab. »Wie geht es dir heute?«

»Gut«, murmelte Alexander. Bevor sein klingonisches Temperament an die Oberfläche getreten war und sein Leben völlig durcheinandergebracht hatte, hatte er die attraktive Bibliothekarin gut leiden können. Miss Marconi war schlank, hatte schulterlanges blondes Haar und lachende grüne Augen; sie hatte ihn immer mit Respekt und Freundlichkeit behandelt. Doch mit ihrem freundlichen Getue konnte sie ihn jetzt nicht mehr täuschen. Als letzte Woche ein Terminal nicht auf einen einfachen Stimmbefehl reagiert hatte, hatte er beinahe einen Computermonitor kurz und klein geschlagen. Er hatte getobt und gebrüllt, aber nicht gegen das empfindliche Gerät, sondern gegen den stabilen Tisch getreten. Es war zwar kein dauerhafter Schaden entstanden, doch der Wutanfall hatte dazu geführt, daß er beinahe für den Rest des Schulhalbjahrs aus der Bibliothek verbannt worden wäre. Miss Marconi machte sich keine Sorgen um ihn. Sie machte sich Sorgen um die Sicherheit der Bibliothek, deren Einrichtungsgegenstände und der Schüler in ihrer Obhut.

»Na schön. Um welches Fach geht es diesmal?« Miss Marconi zog den Paß durch einen Scanner, um die Befugnis zu überprüfen, und gab ihn ihm dann zurück.

»Physik.« Alexander steckte den Datenstab wieder ein und nickte dann zu den hohen Regalen mit den gebundenen Büchern hinüber. »Ich will in den ursprünglichen Texten ein paar Dinge nachschlagen.«

»Oh.« Miss Marconi lächelte und schaute gleichzeitig erleichtert und nervös drein, weil er nicht die Computer, sondern die wertvollen, ledergebundenen Bücher mit den Papierseiten benutzen würde. »Gib mir Bescheid, wenn du irgend etwas nicht finden kannst.«

»Sicher.« Alexander drehte sich schnell um, ließ das Pult mit der Bibliothekarin hinter sich und ging zu einem Tisch in der entgegengesetzten Ecke des Raums. Niemand war zu sehen. Nur für den Fall, daß Miss Marconi nach ihm sah, holte er ein Physiklexikon vom Regal und setzte sich dann auf den Stuhl.

Verborgen von hohen Regalen mit Büchern unterschiedlicher Größe und Farbe machte er sich in der Hoffnung an die Arbeit, die Stunde würde ohne Störungen verstreichen. Danach hatte er nur noch zwei Unterrichtsstunden. Mit etwas Glück würde er einen weiteren Tag überstehen, ohne eine Schlägerei anzufangen oder etwas zu zerbrechen. Danach waren es nur noch zwei Tage bis zum *Batlh Jaj,* dem Tag der Ehre, und dann hatte er das Versprechen gehalten, das er seinem Vater gegeben hatte.

Es überraschte Alexander, wieviel ihm das bedeutete. Als er in der stillen Abgeschiedenheit der Bibliothek darüber nachdachte, wurde ihm klar, daß die Bedeutung des *Batlh Jaj* weit über einen Feiertag hinausging, der die unerschütterliche Hingabe der Klingonen an die Ehre würdigte. Die Auffassung, daß eine Person nur so vertrauenswürdig und stark wie das Wort war, das sie gegeben hatte, war die einzige klingonische Tradition, mit der er ohne Vorbehalte übereinstimmte. Das war die erste gewesen, die Worf ihn auf der *Enterprise* gelehrt hatte. Noch wichtiger war jedoch, daß er bei seiner Ehre geschworen hatte, das Versprechen einzuhalten. Das war die erste wirklich feste Bindung zwischen ihnen als Vater und Sohn.

Durch die Ehre gebunden. Eine Ehrensache.

Er würde lieber eine schreckliche Bestrafung erdulden als Schande über sich und seinen Vater zu bringen, indem er sein Versprechen brach.

»Ich mache keine Witze«, beharrte die Stimme eines Jungen. »Es ist eine Erstausgabe von Zefram Cochranes *Die Möglichkeiten des Warpantriebs,* und es ist ein Tippfehler darin.«

»Druckfehler nennt man das«, korrigierte Kim seinen Freund Bernard, als sie um die Ecke des langen Bücherregals gingen.

Alexander saß am anderen Ende der Reihe und hielt den Atem an, als ein gelangweilt dreinschauender Jeremy ihnen folgte.

»Na und?« fragte Jeremy.

»Und er hat den Fehler korrigiert und seine Initialen danebengesetzt.« Bernard suchte die obere Regalreihe nach dem Band ab.

»Nein, hat er nicht«, sagte Jeremy spöttisch. »Irgendein Witzbold hat mit einem replizierten Kugelschreiber seine Initialen danebengesetzt, damit ihr Blödmänner glaubt, es sei Zefram Cochrane gewesen.«

Kim bemerkte Alexander und tippte Jeremy auf die Schulter.

Alexander verkrampfte sich. Er wußte, daß sein Eid nun auf die Probe gestellt werden würde. Er verstärkte die schwere Metalltür, die den imaginären Löwen in seinem Verstand gefangen hielt, mit einem großen Vorhängeschloß und mehreren Duraniumstangen. Solange das symbolische Tier nicht herauskam, gelangte seine sehr reale Wut auch nicht hinaus.

»Na so was. Seht mal, wer da ist.« Jeremy schlenderte den Gang entlang, und Bernard und Kim folgten ihm auf dem Fuße. Sie bauten sich um den Tisch herum auf und blockierten damit den einzigen Weg nach draußen. »Was macht ein Klingone in einer Bibliothek?«

»Meine Hausaufgaben«, sagte Alexander ruhig.

»In welchem Fach?« Bernard grinste und stieß Kim an. »Klingonen können doch nur jagen und töten.«

»Ihr seid eben Wilde«, fügte Kim hinzu. Er lächelte nicht. »Mein Onkel starb bei einem klingonischen

Überraschungsangriff in der Nähe der cardassianischen Grenze.«

»Das tut mir leid.« Alexander verkrampfte sich bei der Anstrengung, sein Temperament im Zaum zu halten, und wußte, daß er nicht so aufrichtig klang, wie er es meinte. »Aber damit habe ich nichts zu tun.«

»Du bist doch Klingone, oder?« Mit zusammengekniffenen Augen und gehobenen Fäusten stürmte Kim auf den Tisch zu. Jeremy, der unangefochtene Anführer des Trios, hielt ihn fest und legte eine Hand auf seine Brust. Kim trat aufgebracht zurück.

»Es überrascht mich, daß Miss Marconi dich nach deinem Anfall letzte Woche überhaupt noch in die Bibliothek gelassen hat.« Jeremy blätterte das Physikbuch durch, das neben Alexanders Handcomputer auf dem Tisch lag, und runzelte die Stirn. »Das ist ein Nachschlagewerk von Starfleet!«

Alexander antwortete nicht. Der Zorn wurde immer stärker. Wiederholt warf der imaginäre Löwe sich gegen die Metalltür in seinem Geist. Die Tür dröhnte und verbog sich. Eine Duraniumstange zerbrach, eine andere knirschte bedrohlich. Alexander schloß die Augen und ersetzte die zerbrochene Stange im Geiste durch eine neue, stärkere. Sie zerbrach sofort wieder, als Jeremy ihn am Hemd packte.

»Spionierst du für das Klingonische Imperium?«

»Ich bin Föderationsbürger.« Alexanders Lippe verzog sich zu einem Schnauben und entblößte scharfe Eckzähne. Sein Blick war wie eine Stahlstange, die sich in Jeremys Augen grub. »Mein Vater ist Starfleet-Offizier.«

»Na klar. Und mein Vater ist Orionpirat.« Jeremy sprach patzig und ließ sein Hemd mit einer schwungvollen Bewegung los, doch Alexander hatte das unsichere Flackern auf seinem Gesicht bemerkt.

Er senkte den Blick, starrte den Tischrand an und hoffte, Jeremy würde die Geste als Eingeständnis seiner Niederlage auffassen und gehen. Er mußte sich jetzt auf etwas nicht Bedrohliches konzentrieren, während er gegen seinen Zorn ankämpfte. Jeder Muskel spannte sich bei dem Versuch, einen Feind niederzuringen, der viel gefährlicher als Jeremy Sullivan war.

Jeremy fiel auf den Trick herein und wich zurück.

Alexander starrte weiterhin den Tisch an. Er hatte Angst, von ihm aufzuschauen, bevor der Zorn vollständig verschwunden war.

»Fertig?« Jeremys leise Stimme durchdrang Alexanders Konzentration. »Eins, zwei…«

Zu spät wurde Alexander klar, daß seine Peiniger nicht gegangen waren, sondern sich nur zurückgezogen hatten, um einen viel schändlicheren Plan auszuführen. Er riß den Kopf hoch.

Jeremy, Bernard und Kim standen am hinteren Ende des Regals und stießen es bei ›Drei!‹ um. Es war nicht so groß, daß es ihr klingonisches Opfer hätte erreichen und zerschmettern können, doch es würde auf den Tisch stürzen, und dann war er dahinter gefangen.

Eine Mischung aus Furcht und Zorn durchbrach sämtliche geistigen Verteidigungen Alexanders. Während das Regal noch umkippte und die drei Übeltäter in Deckung liefen, sprang er mit einem lauten Schrei über den Tisch. Um Haaresbreite hätte er es geschafft, doch dann schlug das Regal mit einem donnernden Knall auf und schüttete seinen Inhalt über den ganzen Boden. Die obere Kante landete auf seinem Ärmel und nagelte sein Hemd auf der Tischkante fest.

Vor Frustration schnaubend, zerrte Alexander den Arm hoch und zerriß sein Hemd. Das Geräusch, das dabei entstand, schwächte seinen Zorn ab, aber das half ihm jetzt auch nicht weiter.

Miss Marconi und mehrere neugierige Schüler kamen herbeigerannt und starrten ihn und das umgekippte Bücherregal an. Jeremy, Bernard und Kim waren verschwunden. Die Bibliothekarin sah trotz ihres wütenden Stirnrunzelns so aus, als würde sie jeden Augenblick in Tränen ausbrechen, doch Alexander hegte keinerlei Illusionen darüber, was sie in solch eine Erregung gebracht hatte. Ihre Besorgnis galt den über den ganzen Boden ausgebreiteten und beschädigten Büchern, nicht dem klingonischen Jungen, der sich so offensichtlich eines schweren Verbrechens schuldig gemacht hatte. Sie zeigte kein Erbarmen.

»Ins Büro des Direktors, Alexander«, sagte Miss Marconi mit bebender Stimme und zeigte zur Tür. »Sofort.«

6

Alexander saß stocksteif und reglos wie ein Stein da. Den Blick hielt er auf ein Schwarzes Brett gerichtet, das an der Wand ihm gegenüber hing. Er hatte sich nicht bewegt, seit er vor über einer Stunde hier im Vorzimmer des Direktors Platz genommen hatte. Nachdem Mrs. Miyashi sie angerufen hatte, hatte seine Großmutter Worf nicht auf Anhieb erreichen können, doch mittlerweile war er unterwegs. Alexander konzentrierte sich auf die harte Bank und hieß die Beschwerden, die sie ihm bereitete, willkommen. Sie halfen ihm, den Zorn einzukerkern, der aufgeflammt war, weil man ihn fälschlicherweise und zu Unrecht beschuldigt hatte. Sie lenkten ihn auch von seiner Angst vor dem bevorstehenden und unausweichlichen Konflikt mit seinem Vater ab.

Die Glocke ertönte, mit der die letzte Unterrichtsstunde dieses Tages eingeläutet wurde.

Alexander beobachtete die Wand und ertrug mit stoischem Schweigen die empörten Seufzer des Vorzimmerpersonals und die verstohlenen Blicke der Schüler. Er konnte nichts tun, um das verzerrte Bild geradezurücken, das sie sich von ihm gemacht hatten. Kein Mensch verstand, wie sehr ein Klingone seine Ehre schätzte.

Und darin, wurde Alexander klar, war er wahrhaftig ein Klingone. Er würde sein Schweigen genausowenig brechen, wie er sein Versprechen gebrochen hatte.

Er bedauerte lediglich, daß sein Vater die Wahrheit nicht erfahren würde.

Als Worf hereinkam, richteten sich alle Blicke auf die Tür. Alle außer Alexander hielten den Atem an. Obwohl er nur ein Freizeithemd, weite Hosen und Stiefel trug und das lange Haar hinten zusammengebunden hatte, bot sein Vater einen imposanten und beeindruckenden Anblick.

Alexander war entschlossen, sich in den Augen seines Vaters nicht noch mehr zu blamieren, und behielt weiterhin seine ausdruckslose Miene, als Worf vor ihm stehenblieb. Keiner von ihnen sagte ein Wort, als er aufstand und sie beide zum Schalter gingen.

»Sie müssen Alexanders Vater sein.« Mrs. Miyashi sprach mit einem nervösen, singenden Tonfall.

»Ja.«

Dieses eine Wort, gesprochen in einem tiefen, befehlsgewohnten Baß, ließ die Büroangestellte zum Ende des Schalters flattern. »Mr. Houseman hat bestimmt sofort Zeit für Sie.«

»Das wüßte ich zu schätzen.«

»Ja, natürlich. Kommen Sie bitte mit.« Mrs. Miyashi nickte eifrig und stürmte zur Tür des Direktors, um seine Ankunft zu melden.

Hätte Alexander nicht so großen Ärger gehabt, hätte er gelächelt. Von der Furcht, die alle Klingonen wegen ihres Äußeren und ihres Rufs hervorriefen, einmal ganz abgesehen, wirkte sein Vater sogar furchteinflößend, wenn dies gar nicht seine Absicht war. Nur wenige außer ihm hatten je die einzigartige Sensibilität erlebt, die sein Vater so gut verbarg.

Aber diese Seite von ihm werde ich heute wohl nicht

sehen, dachte Alexander, als er Worf ins Mr. Housemans Büro folgte.

Der Direktor war groß, muskulös und selbst eine gebieterische Persönlichkeit. Er bedeutete Alexander und Worf, auf den Stühlen vor seinem Schreibtisch Platz zu nehmen. »Danke, daß Sie so schnell gekommen sind, Lieutenant Commander. Ich bedauere, daß ich Sie herbitten mußte, aber Alexanders ungebärdiges Benehmen scheint schlimmer zu werden.«

»Das habe ich gehört.«

Worf warf ihm nicht einmal einen Seitenblick zu, und Alexander krümmte sich innerlich, doch sein Gesicht enthüllte – wie das seines Vaters – nichts von seinen aufgewühlten Gefühlen. Er war entschlossen, sich würdevoll zu verhalten. Während er stur geradeaus schaute, hörte er ohne jede Regung zu, während der Direktor erklärte, was in der Bibliothek passiert war.

»Letzte Woche hat es einen ähnlichen, wenn auch nicht ganz so schwerwiegenden Zwischenfall gegeben«, schloß Mr. Houseman. »Wir haben ihm eine Verwarnung erteilt.«

Worf sah Alexander an. »Stimmt das?«

»Ja«, sagte Alexander. Er betrachtete noch immer die Wand. Sein Vater hatte die Frage auf eine Weise gestellt, die es ihm ermöglichte, ehrlich zu antworten. »Ich habe gegen einen Schreibtisch getreten und wurde verwarnt.«

Worf nickte und musterte ihn nachdenklich. »Ich kann nicht so ganz glauben, daß du absichtlich ein Bücherregal zerstört hast, nachdem du mir dein Wort gegeben hast.«

Alexander antwortete nicht. Es war keine Frage gewesen.

»Sonst war niemand in der Nähe, Mr. Worf«, warf Mr. Houseman ein, um ein Wortgefecht zu vermeiden.

Worf betrachtete Alexander lange mit tief gerunzelter Stirn, bevor er dann noch einmal nachfragte. »Hast du irgend etwas zu sagen?«

»Nein, Sir.« Alexander konnte sich nicht verteidigen oder seine Unschuld beweisen, ohne Jeremy, Bernard und Kim zu verpfeifen. Und das konnte er sich einfach nicht leisten. Sie würden es ihm heimzahlen und sich rächen wollen, und er war sich nicht sicher, ob er seinen Zorn im Zaum halten konnte. Er wurde immer stärker, und zwar viel schneller, als er mit seiner *Mok'bara*-Ausbildung vorankam.

Die drei arroganten und ahnungslosen Jungen würden eine handfeste Schlägerei mit ihm vielleicht nicht überleben.

Und er würde mit solch einer drückenden Schuld einfach nicht leben können, vor allem nicht, wenn er eine Möglichkeit ignoriert hatte, eine tödliche Auseinandersetzung zu vermeiden, nur um sich ein paar Schwierigkeiten zu ersparen. Sein Vater hatte unabsichtlich jemanden getötet. Doch so stark und selbstbewußt Worf sonst auch sein mochte, die Schuldgefühle, die ihn deshalb heimsuchten, konnte nicht einmal er vertreiben.

Die bittere Alternative bestand darin, seinen Vater glauben zu lassen, er hätte in der Bibliothek die Beherrschung verloren, das Bücherregal umgestürzt und sein Versprechen gebrochen.

Alexander verschluckte ein Seufzen. Er würde unter Worfs Enttäuschung leiden, doch niemand würde daran sterben. Außerdem würde sein Vater in ein paar Tagen nach *Deep Space Nine* zurückkehren. Er hingegen mußte mit Jeremy Sullivan leben.

Und mit sich selbst.

Mr. Houseman wurde das langgezogene Schweigen unangenehm, und er räusperte sich. »Ich verstehe durchaus, daß Alexander es angesichts der neuesten Feindseligkeiten und des allgemeinen Mangels an Verständnis zwischen unseren beiden Kulturen ziemlich schwer hat.«

Worf verriet mit keiner Regung, was in ihm vorging, als er sich wieder an den Direktor wandte. »Das trifft leider zu. Doch Alexanders Treue liegt nicht beim Klingonischen Imperium.«

»Nein, natürlich nicht.« Mr. Houseman rutschte unbehaglich hin und her und wog ab, welche Möglichkeiten ihm offenstanden. »Aber ich kann sein Verhalten nicht einfach so hinnehmen. Eine Woche lang drei Stunden Nachsitzen täglich, von morgen an. Da die letzte Unterrichtsstunde bereits angefangen hat, können Sie Alexander jetzt mit nach Hause nehmen.«

»Ist das für dich annehmbar, Alexander?«

Zum erstenmal, seit sie das Büro betreten hatten, sah Alexander seinen Vater an. Die Frage kam ihm seltsam vor, doch nichts in Worfs Augen oder Gesichtsausdruck verriet ihm, wieso er sie gestellt hatte. Im großen und ganzen schien das aber auch keine Rolle zu spielen. »Ja, Sir.«

»Dann ist ja alles klar.« Worf erhob sich.

»Nicht ganz«, fügte Mr. Houseman schnell hinzu. »Wenn so etwas noch einmal vorkommt, bleibt mir keine andere Wahl, als Alexander von der Schule zu verweisen.«

»Verstanden. Guten Tag, Mr. Houseman.« Worf beendete das Gespräch sicher und geschickt und winkte Alexander zur Tür hinaus.

Trotz seiner tiefen Verzweiflung, die sich wie ein Nebel um ihn gelegt hatte, hörte Alexander, daß Mr. Houseman erleichtert seufzte, als sie sein Büro verließen.

Als Worf zum nächsten Eingang zeigte, blieb Alexander stehen. »Ich muß meinen Datenstab in mein Schließfach legen. Wir dürfen sie nicht mit nach Hause nehmen.«

»Nun gut.«

Während Alexander durch die leeren Korridore voranging, nahm seine Angst zu. Die emotionslose Ruhe seines Vaters war schlimmer als die Fassungslosigkeit und Verärgerung, die er an Bord der *Enterprise* an den Tag gelegt hatte. Worf hatte sich fehl am Platz gefühlt, als er damals die Verantwortung der Vaterschaft akzeptiert hatte. In seiner verwirrten und verängstigten Unschuld hatte Alexander in seinem Vater eine hilflose, bestürzte Frustration hervorgerufen. Sie war weit über die Verletzung von Worfs stolzer Selbstsicherheit hinausgegangen, die ihm zwei Jahre zuvor der Hohe Rat zugefügt hatte, als er den Krieger entehrt hatte. Alexander wußte das, weil Counselor Deanna Troi die ungewöhnliche Wirkung, die er auf seinen Vater ausgeübt hatte, sowohl faszinierend als auch amüsant gefunden hatte.

Alexander war in diesem Augenblick weder fasziniert noch amüsiert. Worfs scheinbare Gleichgültigkeit machte ihn nervöser und besorgter als die wütenden Gardinenpredigten, die er sich hatte anhören müssen. Warum schäumte sein Vater nicht vor Wut? Der Junge unterdrückte ein beunruhigtes Keuchen. Vielleicht lag Worf nicht mal mehr so viel an ihm, daß er wegen seines schlechten Benehmens wütend oder enttäuscht war!

»Hier ist er.« Alexander blieb vor dem Schrank mit

den Schließfächern stehen – und erstarrte; er vergaß einen Augenblick lang die Besorgnis um die Gefühle seines Vaters.

Suzanne Milton kam schnellen Schrittes auf sie zu. Sie hielt ebenfalls einen Datenstab in der Hand. Als sie an ihm vorbeiging, rümpfte sie die Nase und warf ihr langes Haar über die Schulter. Nach dieser absichtlichen Beleidigung kam Alexander sich wie ein begossener Pudel vor.

Worf runzelte die Stirn. »Behandeln dich hier alle so?«

»Die meisten.« Alexander seufzte und gab seinen Schlüsselkode ein. Da er seine Lage dadurch nicht mehr verschlechtern konnte, entschloß er sich, die ganze Wahrheit zu gestehen. »Aber Suzanne hat tatsächlich einen Grund. Sie war nett zu mir, und ich habe sie angeschnaubt.«

Worf riß verblüfft die Augen auf und beugte sich dann tiefer zu ihm. »Angeschnaubt?«

»Ich wollte sie nicht kränken. Es ist einfach so passiert. Ich kann es noch immer nicht so richtig fassen.« Alexander schüttelte den Kopf und legte den Datenstab in sein Schließfach. Er war bereit, jede Strafe zu akzeptieren, die sein Vater ihm zugedacht hatte, wenn sie nach Hause kamen, wollte aber einfach nicht glauben, was er sah, als er sich wieder umdrehte. Worf ging durch den Korridor auf Suzanne zu.

Bestürzt lehnte sich Alexander gegen den Schrank und sah hilflos zu. Hätte die geöffnete Tür ihres Schließfachs ihr nicht die Sicht auf den Gang versperrt, wäre Suzanne wahrscheinlich vor Entsetzen schreiend davongelaufen. So aber überraschte Worf sie mit einem Lächeln. *Sie hat wahrscheinlich zu viel Angst, um zu schreien,* dachte Alexander elend und fragte sich, was sein Vater vorhatte, obwohl er es eigentlich gar nicht wissen wollte.

Als Worf endlich verstummte, nickte Suzanne und stürmte dann zum Nebeneingang.

Alexander verschloß die Tür wieder und fragte seinen Vater, als er zurückkam: »Warum ist Suzanne davongelaufen? Was hast du zu ihr gesagt?«

»Sie durfte den Unterricht früher verlassen, weil sie eine Tanzprobe hat«, sagte Worf.

»Oh.«

»Und ich habe ihr erklärt, warum ein klingonischer Junge ein Mädchen anschnaubt. Das ist ein Kompliment, ein Ausdruck der… Zuneigung.«

»Was?« Alexander fiel die Kinnlade herunter. Er konnte nicht abstreiten, daß er Suzanne mochte und gern Freundschaft mit ihr geschlossen hätte. Doch selbst wenn es dazu kommen würde – was ihm nun nicht mehr besonders wahrscheinlich vorkam –, war die Annahme töricht, daß sich daraus mehr entwickeln konnte, wenn sie älter waren. »Aber Suzanne ist ein Mädchen! Ich meine, sie ist hübsch und klug und… ein Mensch.«

»Sie schien sich zu freuen.«

»Wirklich?« Alexander runzelte unsicher die Stirn. Er wußte nicht genau, was verwirrender war: Suzannes Einstellung zu einem schmeichelhaften klingonischen Schnauben oder die Bemühungen seines Vaters, ein Mißverständnis geradezurücken.

Worf drängte ihn zur Tür. »Menschliche Frauen sind fast ausnahmslos unberechenbar. Und viele von ihnen sind nicht so zerbrechlich, wie sie aussehen.«

Nicht nur Menschenfrauen sind unberechenbar, dachte Alexander. Seinem Vater gelang es auch ziemlich gut, ihn immer wieder völlig zu überraschen.

7

Spät am nächsten Nachmittag beobachtete Alexander, wie auf der Uhr in dem Klassenzimmer, in dem er nachsitzen mußte, die Sekunden vertickten, ohne eigentlich auf die Zeit zu achten. Vielmehr zerbrach er sich über etwas den Kopf. Als sie am gestrigen Tag nach Hause gekommen waren, hatte sich nichts an Worfs unerschütterlicher Ruhe geändert. Er hatte weder eine Strafe verhängt noch ein einziges Wort über den Zwischenfall in der Bibliothek verloren. Selbst Alexanders Großmutter schien perplex gewesen zu sein.

Die verblüffende Veränderung von Worfs Verhalten, davon war Alexander mittlerweile überzeugt, rührte keinesfalls daher, daß seinem Vater nichts mehr an ihm lag. Wäre das der Fall gewesen, hätte Worf nicht versucht, das Problem mit Suzanne aus der Welt zu schaffen. Aber er konnte ebenfalls davon ausgehen, daß der Starfleet-Offizier keineswegs ein unehrenhaftes Verhalten mit geduldigem, desinteressiertem Schweigen hinnehmen würde.

Schließlich war Alexander zu dem Schluß gekommen, daß dies alles nur eins bedeuten konnte. Worf *wußte* irgendwie, daß er das Bücherregal nicht umgestoßen und sein Ehrenwort gehalten hatte, bei einem Wutanfall nichts zu zerbrechen.

Alexander mußte lächeln, als ihm die Bedeutung dieser Erkenntnis klar wurde. Worfs Annahme, die von keinerlei Beweisen gestützt wurde, war eine Demonstration des absoluten Vertrauens, das er sich immer ersehnt hatte. Aber er hatte nie ehrlich geglaubt, er könne es sich jemals verdienen.

Die einzige Frage lautete nun, warum sein Vater Miss Marconis und Mr. Housemans Annahme, er sei schuldig, nicht widersprochen hatte, vor allem, da er ja offensichtlich von seiner Unschuld überzeugt war.

»Das wäre es für heute. Du kannst gehen.«

Als Mr. Cunningham ihn, den einzigen Schüler im Klassenzimmer, ansprach, riß Alexander sich aus seiner Träumerei. Er war gar nicht versessen darauf, den Raum zu verlassen. Das Vertrauen seines Vaters wäre es ihm wert gewesen, ein ganzes Schuljahr lang nachzusitzen. Doch es waren ja nur fünf Tage.

Einer abgesessen, jetzt sind's nur noch vier.

Er hatte nicht einmal etwas dagegen, morgen, beim *Batlh Jaj,* länger in der Schule zu bleiben, wurde ihm klar, als er sich seinen Handcomputer schnappte und zur Tür lief.

»Gehen, habe ich gesagt!« Mr. Cunningham lächelte, als Alexander schlitternd zum Stehen kam. »Bitte, Mr. Rozhenko.«

»Jawohl, Sir.« Grinsend ging Alexander, so schnell er konnte, ohne in einen Laufschritt zu fallen – bis er die Tür aufstieß und ins Freie trat. Laut lachend sprang er hoch in die Luft. Zum erstenmal seit langer Zeit war er der Ansicht, keinen schlechten Tag hinter sich gehabt zu haben.

Jeremy, Bernard und Kim hatten ihn in Ruhe gelassen. Da sie nicht ins Büro des Direktors gezerrt worden waren, mußten sie zum Schluß gekommen sein, daß er sie nicht verpfiffen hatte. Vielleicht hatte das sie bewogen, ihre unfaire Einstellung und Vorgehensweise zu überdenken. Aber wahrscheinlich befürchteten sie nur, daß er es sich anders überlegen und auspacken würde, wenn sie ihn weiterhin quälten. Wie dem auch sei, ihre Abwesenheit hatte es ihm beträchtlich erleichtert, seine weiterhin anhaltende Wut zu beherrschen. Die Anflüge von Verärgerung, die er im Laufe des Tages verspürt hatte, hatte er problemlos unterdrücken können.

Andererseits hatte *er* Suzanne gemieden. Trotz der Auffassung seines Vaters war er sich gar nicht so sicher, daß sie so positiv auf seine unwissentliche Zurschaustellung klingonischer Zuneigung reagiert hatte. Vielleicht war sie aus dem Gebäude gestürmt, weil ihr schon aufgrund der bloßen Vorstellung schlecht wurde. Aber in diesem Fall konnte er darauf verzichten, daß sie ihm die schreckliche Wahrheit ins Gesicht sagte. Er gab sich damit zufrieden, daß sie wußte, daß er nicht absichtlich unhöflich gewesen war.

Ja, dachte Alexander zufrieden. Alles in allem war es ein ausgesprochen guter Tag gewesen.

Und er war noch nicht vorbei.

Begierig darauf, nach Hause zu kommen, ging Alexander zum Fußballplatz, um auf dessen anderer Seite dann die Abkürzung durch den Wald zu nehmen. Als Teil ihrer Feiern zum Tag der Ehre würden er und sein Vater morgen abend für seine Großeltern einen Ehrenkampf abhalten. Wenn ein Klingone die Ehre eines anderen herausforderte, kämpften sie den *Suv'batlh*, um zu entscheiden, wessen Ehre bewahrt bleiben würde. Dieses Ritual ähnelte den Turnierkämpfen der mittelalterlichen irdischen Ritter, bei denen nicht nur das Geschick, sondern auch der Charakter und Mut eines Kriegers über Sieg oder Niederlage entschieden. Er und sein Vater würden klingonische Rüstungen tragen und *Bat'leths* schwingen und ihren Kampf auf dem Rasen austragen, hoffentlich zum freudigen Entsetzen der älteren Rozhenkos. Obwohl Worf es nicht eingestehen würde, hätte es ihm auch heutzutage noch – genau wie damals als Heranwachsendem – höllische Freude bereitet, seinen Adoptiveltern zu beweisen, daß sie seine ›brutale‹ klingonische Natur keineswegs so unerschütterlich hinnahmen, wie sie immer behaupteten.

Alexander konnte es kaum abwarten, wieder mit seinem *Bat'leth* zu üben, dem traditionellen Krummschwert der Ehre, und lief los. Plötzlich wollte er nicht auch noch den Rest dieses warmen, sonnigen Nachmittags verschwenden. Als er auf halber Höhe des Fußballplatzes war, wurde ihm klar, daß er einen groben taktischen Fehler begangen hatte.

Jeremy Sullivan trat aus dem Wald auf der anderen Seite des Spielfeld. Bernard Umbaya und Kim Ho sprangen hinter den Toren hervor und liefen auf ihn zu.

Alexanders fast perfekter Tag stieß ihm auf einmal so sauer auf wie eine Handvoll verdorbener argelianischer Trauben.

Die Jungs wollten ihn verprügeln, obwohl er sie geschützt hatte – vor dem Direktor, dem Nachsitzen und sich selbst.

Über seiner ursprünglichen Bestürzung schlug augenblicklich eine Flutwelle der Empörung zusammen. Selbst er hatte seine Grenzen, und es war nicht mehr viel nötig, um ihn trotz aller Vernunft in einen grimmigen Kampfesrausch zu stürzen.

Er hielt seine aggressiven Gefühle fest im Zaum und blieb stehen, während die drei Jungen langsamer wurden und dann etwa zwei Meter vor ihm anhielten.

»Also, was hast du vor, Klingone?« fragte Jeremy und betrachtete ihn mißtrauisch.

»Gar nichts«, sagte Alexander kurz und knapp. Er konnte nur vermuten, daß Jeremy sich auf sein Schweigen bezog, doch hätte er eine Frage gestellt, und sei sie auch noch so harmlos, hätte er damit eingestanden, daß er unsicher und eingeschüchtert war. Und das war er nicht.

»Du erwartest doch nicht, daß wir glauben, du würdest die Schuld auf dich nehmen, dieses Bücherregal umgestürzt zu haben, ohne es uns heimzahlen zu wollen, oder?« Kims Augen verengten sich bei einem finsteren Stirnrunzeln.

»Glaubt doch, was ihr wollt«, erwiderte Alexander.

»Halte uns nicht für blöd, Alexander«, fauchte Jeremy. »Kein Klingone, der auch nur einen Funken Selbstachtung hat, würde uns davonkommen lassen.«

»Genau. Faselt ihr Klingonen nicht immer davon, eure *Ehre* verteidigen zu müssen?«

Bernard betonte das Wort absichtlich so lächerlich, daß Alexander sich wütend sträubte. Doch es gelang ihm noch, sein Temperament im Zaum zu halten, während seine Muskeln sich immer stärker anspannten und der ungeduldige Zorn Funken schlug. »Du weißt überhaupt nichts von Ehre, Bernard.«

»Du aber auch nicht.« Jeremy trat mutig einen Schritt vor. »Vielleicht hast du uns nicht verpfiffen, weil du wußtest, daß wir uns das nicht gefallen lassen werden.«

»Dafür habe ich Gründe, die ihr nicht versteht.« Alexander biß die Zähne zusammen und kämpfte gegen den schrecklichen, brennenden Drang an, Jeremy das selbstgefällige, herausfordernde Grinsen vom Gesicht zu wischen.

»Weil du ein Feigling bist!« Kims Brust hob sich. »Mein Onkel wurde von einer Horde nichtsnutziger, mieser klingonischer Feiglinge getötet!« Der wütende Junge griff an.

Der Schwung, mit dem der kleinere Junge gegen ihn prallte, trieb ihn ein paar Schritte zurück. Die Macht des entfesselten klingonischen Adrenalins wallte in ihm auf. Er fiel jedoch nicht, sondern packte Kims Arm und befreite sich problemlos von dem Klammergriff des Jungen. Jede Zelle seines klingonischen Körpers schrie nach Blut und drängte ihn, den zerbrechlichen Arm aus dem Gelenk zu reißen. Statt dessen stieß er Kim lediglich zur Seite.

Kim landete mit einem dumpfen Schlag, der ihm die Luft mit einem pfeifenden Geräusch aus den Lungen trieb, auf dem Boden und blieb reglos liegen.

Die Zeit kam für Alexander kreischend zum Stehen. Er starrte Kim an und dachte angsterfüllt an den Fußballspieler, der gestorben war, weil Worf mit seiner überlegenen Kraft achtlos umgegangen war. Dieses Bild war um hundert Prozent wirksamer als der Versuch, einen imaginären Löwen im Käfig zu halten, und die Hitze von Alexanders Zorn verwandelte sich in kalten Schrecken.

Steh auf!

Mit einem leisen Stöhnen kämpfte Kim sich in eine sitzende Position hoch und atmete lange und tief ein.

Alexander verspürte eine gewaltige Erleichterung. Doch er hatte sich so stark auf den benommenen Jungen konzentriert, daß er erst in letzter Sekunde sah, wie Jeremy und Bernard ihn ansprangen. Seine Reflexe reagierten, bevor sein Verstand die Attacke so richtig registrierte. Er sprang zurück und zur Seite, so daß er der vollen Wucht von Jeremys Faustschlag gegen sein Kinn entging, und wich Bernards unbeholfenem Griff aus.

Die klingonische Wut explodierte in den Tiefen seiner Gene und beanspruchte ihr angeborenes Recht auf einen Kampf. Alexander schob den Drang im Geiste so gut zurück, wie er konnte, während er Jeremys zweitem Versuch auswich, sein Gesicht zu zerschmettern. Er tauchte unter dem Schlag hinweg, wirbelte dann herum und befreite sein Bein von den Armen, die Bernard darum geschlungen hatte.

Bernard heulte vor Wut auf, ging in die Hocke und hob die Fäuste. Jeremy umkreiste ihn und versuchte, hinter ihn zu gelangen. Kim bekam die zweite Luft, stand auf und griff zusammen mit den beiden anderen an.

Die doppelte Anstrengung, einerseits seine innere Wut zu beherrschen und andererseits die Attacken der drei Jungen abzuwehren, ohne jemanden ernsthaft zu verletzen, trieb Alexander den Schweiß auf die Stirn. Er war Realist genug, um zu wissen, daß er den Zorn nicht auf ewig unterdrücken konnte. Und obwohl es drei gegen einen hieß, würde die klingonische Wut den Sieg davontragen, sobald sie erst einmal entfesselt war.

Aber der Preis für seinen sicheren Sieg würde zu hoch sein.

Rückzug war ein Manöver, das ein Klingone nur als allerletzten Ausweg in Betracht zog. Und obwohl ein Schlachtschiff, dem die Flucht gelungen war, an einem anderen Tag wieder in den Kampf eingreifen konnte, zogen viele klingonische Kommandanten den Tod vor. Für Alexander hingegen war Rückzug die einzige Möglichkeit. Er konnte es ertragen, als Feigling bezeichnet zu werden. Er konnte es nicht ertragen, jemanden so zu verletzen, daß er auf Dauer verkrüppelt war, oder gar zu töten.

In der Hoffnung, die implizierte Drohung würde seine Angreifer in Schach halten, hob Alexander die Hände zu einer defensiven *Mok'bara*-Stellung und wich langsam zurück.

»Komm schon!« schrie Jeremy. »Kämpfe! Kämpfe!«

»Feigling!« Wild um sich schlagend, stürmte Bernard vor.

Kim sagte nichts. Er griff einfach an.

Während Alexander sich in Richtung Schule zurückzog, wehrte er die Schläge geschickt ab. Er erkannte augenblicklich eine Möglichkeit, Bernard zu Boden zu stoßen, ergriff sie aber nicht. Er war in den offensiven Bestandteilen der Kampfsportart noch nicht geübt genug, um eine präzise Beherrschung der Bewegungen garantieren zu können. Ein falscher Hieb, und Bernard konnte sich den Hals brechen.

Jeremy kam von hinten und warf sich gegen Alexanders Kniekehlen. Alexander war darauf nicht vorbereitet und ging zu Boden. Alle drei Jungs stürzten sich mit fliegenden Fäusten auf ihn.

Während Jeremy, Bernard und Kim auf Muskeln und geprellte Knochen einprügelten, stürmte der zurückgedrängte Zorn auf einen klingonisch-menschlichen Geist ein, der einfach nicht nachgeben wollte – und es auch nicht tat.

Eine Faust traf sein Auge, ein anderer Schlag riß seine Lippe auf. Der salzige Geschmack seines Blutes verstärkte die Wut, doch Alexander wehrte sich nicht gegen die drei Jungs.

Erst als sich plötzlich andere Stimmen in die lauten Flüche und Beleidigungen der Jungs mischten, nahmen die Schläge ein Ende.

»Hört damit auf!« Eine gebieterische Männerstimme. »Hört sofort damit auf!«

»Das reicht, Bernard!« fauchte eine befehlsgewohnte Frauenstimme. »Kim! Alexander!«

Schwer atmend sah Alexander, daß Mr. Cunningham Jeremy zurückzerrte. Miss Marconi trat zwischen ihn und Bernard und bewahrte ihn vor einem letzten Faustschlag. Kim wich von sich aus zurück.

»Wißt ihr«, sagte Mr. Cunningham verärgert, als Alexander sich mühsam aufrappelte, »ich habe mich wirklich darauf gefreut, nach Hause zu kommen, aber dank euch vieren werden wir alle den Rest dieses wunderschönen Tages bei Mr. Houseman verbringen.«

»Und *er* wird wohl auch nicht besonders erfreut sein, in der Schule bleiben zu müssen.« Miss Marconi legte die Hände auf die Hüften und funkelte alle vier Jungen wütend an.

»Er hat angefangen!« Bernard zeigte auf Alexander. Jeremy und Kim schienen sich zwar gebührend zu schämen, nickten aber zustimmend.

Der erzürnte Blick der Bibliothekarin richtete sich auf Alexanders schmutzverschmiertes Gesicht. »Wie konntest du nur? Besonders, nachdem Mr. Houseman dir eine letzte Chance gab?«

»Ich habe nicht angefangen«, sagte Alexander und fragte sich, ob der Umstand, daß Miss Marconi leicht die Augen zusammenkniff, von Abscheu oder Unsicherheit kündete.

»Als ich dich nach Hause geschickt habe, war doch alles in Ordnung, Alexander.« Der Physiklehrer hatte Alexanders Aussage entweder nicht gehört, oder er ignorierte sie. Verärgert warf er die Hände hoch. »Was können die drei nur getan haben, daß du deshalb eine Prügelei anfängst und riskierst, von der Schule zu fliegen?«

Sie haben mich in einen Hinterhalt gelockt, dachte Alexander. Das hätte er auch gesagt, hätte er davon ausgehen können, daß irgend jemand ihm zuhörte. Doch das bezweifelte er. Seufzend trottete er neben Jeremy her, als Mr. Cunningham sie zurück zur Schule und dann zum Büro des Direktors führte.

»Jetzt haben wir dich, Klingone«, flüsterte Jeremy. »Du bist erledigt.«

Alexander verschaffte dem sich hämisch freuenden Jungen nicht die Befriedigung einer Antwort. Die Schande, von der Schule verwiesen zu werden, würde eines Tages vergehen, doch wenn er seinen Vater nicht davon überzeugen konnte, daß er die Schlägerei nicht angefangen hatte, würde der Vertrauensbruch zwischen ihnen nie wieder zu reparieren sein.

Wem würde Worf glauben?

Einem rebellischen Sohn, der über Jahre hinweg seine Ideale in Frage gestellt und ihm mehr Ärger als Freude gemacht hatte?

Oder den anderen?

8

Alexander saß auf der harten Bank im Vorzimmer des Direktors und starrte die drei Jungen an, die ihm gegenüber auf Stühlen hockten. Sein Gesichtsausdruck blieb undurchdringlich gleichgültig; er blinzelte und zuckte nicht und reagierte auch sonst nicht auf ihre geflüsterte Unterhaltung. Der Riß in seiner Lippe brannte, und sein aufblühendes blaues Auge pochte. Er ignorierte auch diese Ärgernisse.

Hinter dem Schalter beobachtete Mrs. Miyashi sie aufmerksam wie ein Falke, bereit, beim ersten Anzeichen von Problemen Alarm zu schlagen. Mr. Houseman war noch in seinem Büro. Jeremys Vater und Bernards und Kims Mütter waren bereits eingetroffen und warteten mit Mr. Cunningham und Miss Marconi im Konferenzraum. Alexander wußte nicht, wann sein Vater kommen würde. Worf war zum Starfleet-Hauptquartier geflogen, um an einer Fortbildungsmaßnahme über Forschungsergebnisse und neue Entwicklungen bei Sicherheitstechniken teilzunehmen. Alexander war überzeugt, daß er die Veranstaltung nicht vorzeitig verlassen würde.

Auf Mrs. Miyashis Schreibtisch ertönte ein Summer. Sie stand auf, ging zum Büro des Direktors, blieb an der Tür stehen und musterte die ihr anvertrauten Schützlinge. »Niemand rührt sich von der Stelle. Habe ich mich klar ausgedrückt?«

Die Menschenkinder nickten.

»Ja.« Als Alexander antwortete, bewegte sich nur sein Mund. In dem Augenblick, in dem Mrs. Miyashi die Tür hinter sich schloß, richteten die drei Jungs ihre triumphierenden Blicke auf ihn.

»Die Niederlage ist wirklich so bitter, wie es heißt, nicht wahr, Alexander?« Jeremy lächelte.

»Und der Sieg ist süß.« Bernard nickte nachdrücklich. »Wir müssen wahrscheinlich einen Monat lang nachsitzen, aber weißt du was? Das ist es wert, wenn wir dich nur loswerden.«

Kim starrte ihn nur an.

Da Alexander noch genau wußte, wie niedergeschlagen er nach dem Tod seiner Mutter gewesen war, hatte er Mitleid mit dem Jungen. Doch im Gegensatz zu Kim, dessen Haß sich gegen die gesamte klingonische Spezies richtete, da er weder das Gesicht noch das Schicksal des Mörders seines Onkels kannte, hatte sich bei ihm ein gewisser schmerzlicher Frieden eingestellt. Duras würde nie wieder töten. Sein Vater hatte seine Starfleet-Karriere aufs Spiel gesetzt, um nach klingonischem Gesetz sein Recht auf Rache einzufordern, und hatte den Mörder und Verräter getötet. Kim hatte keinen solchen Trost, und Alexander wünschte sich aufrichtig, er könne die emotionale Zeitbombe, die der Junge mit sich herumschleppte, irgendwie entschärfen.

»Wir haben unseren Krieg gegen dich gewonnen, Alexander.« Jeremy beugte sich vor, um seinen Worten Nachdruck zu verleihen. »Und Starfleet wird auch gegen das Klingonische Imperium gewinnen.«

»Aber«, erklang Worfs tiefe, dröhnende Stimme an der Schwelle, »es wäre besser für alle Beteiligten, wenn wir unsere Differenzen friedlich bereinigen könnten.«

Wie ein einziges Wesen fuhren alle drei Jungs zusammen. Sie rissen die Augen auf, und ihre Kinnladen fielen herunter, als Lieutenant Commander Worf in seiner roten und schwarzen Starfleet-Uniform mit der silbernen klingonischen Schärpe den Raum betrat.

»Sie sind ja wirklich Starfleet-Offizier!« stellte Jeremy mit einem schnarrenden Flüstern das Offensichtliche fest. »Wie ist das möglich?«

»Ich habe die Starfleet-Akademie absolviert«, erwiderte Worf völlig humorlos und würdigte den verblüfften Jungen keines einzigen Blickes.

Alexander versuchte, nicht zu lächeln. Er gewann den Kampf problemlos, als er seinen Vater anschaute und das harte Leuchten in seinen Augen sah.

Als Mrs. Miyashi aus Mr. Housemans Büro kam und den großen Klingonen vor dem Schalter sah, hob sie eine Hand an die Brust. »Wir haben auf Sie gewartet, Mr. Worf. Wenn Sie bitte bei den anderen Eltern im Konferenzraum Platz nehmen würden...«

»Sie und die Eltern werden noch etwas warten müssen«, sagte Worf geradeheraus. Er bat nicht um Erlaubnis.

»Äh... ach, ja?« Mrs. Miyashi schluckte heftig.

»Ich werde die Angelegenheit zuerst mit meinem Sohn besprechen. Unter vier Augen.«

Alexanders Herz setzte einen Schlag lang aus.

Jeremy und Bernard starrten den Klingonen weiterhin fassungslos an.

Kim runzelte die Stirn.

Sprachlos zeigte Mrs. Miyashi auf die Tür des Büros der Schulpsychologin.

Mit einem knappen Nicken ging Worf darauf zu. »Komm mit, Alexander.«

Alexander atmete tief ein, hielt aber seine ausdruckslose Miene aufrecht, erhob sich und folgte seinem Vater. Er achtete nicht auf die vier Augenpaare, deren Blicke ihm folgten.

»Setz dich.« Worf zeigte auf einen der beiden Stühle vor einem aufgeräumten Schreibtisch und schloß die Bürotür.

Alexander tat wie geheißen und bereitete sich auf das Schlimmste vor, als Worf auf den anderen Stuhl sank.

»Bist du schon wieder fälschlich beschuldigt worden, Alexander?«

Alexander hatte erwartet, daß sein Vater direkt zur Sache kam, doch mit dieser Frage hatte er nicht gerechnet. Er antwortete mit stammelnder Ehrfurcht. »Äh... ja.«

»Ich verstehe.« Worf dachte kurz nach. »Haben dieselben Jungen gestern in der Bibliothek das Regal umgestoßen?« fuhr er dann fort.

Alexander konnte nur nicken, so sehr erstaunte ihn, daß sein Vater blindlings davon ausging, daß er sein Ehrenwort gehalten hatte. Worf zweifelte mit seiner Frage keineswegs die Ehrlichkeit seines Sohnes an, sondern wollte damit lediglich weitere Informationen einholen.

»Warum hast du das nicht gesagt, als wir in Mr. Housemans Büro waren?«

Achselzuckend erklärte Alexander es ihm. »Alle waren dermaßen überzeugt davon, ich hätte es getan, daß ich nicht annahm, jemand würde mir glauben.«

Worf runzelte die Stirn. »Das ist kein ausreichender Grund, um die Schuld und eine Strafe für etwas, was man nicht getan hat, auf sich zu nehmen.«

»Nein.« Alexander zögerte kurz, spielte aber nicht

einmal mit dem Gedanken, die Wahrheit für sich zu behalten. »Ich dachte, falls ich sie verrate, würden Jeremy, Bernard und Kim es mir heimzahlen wollen. Ich hatte keine Angst vor einer Prügelei«, fügte er schnell hinzu. »Ich war mir nur nicht sicher, daß ich mich... beherrschen könnte, falls es zu einer kam.«

»Du wolltest das Risiko vermeiden, jemanden zu verletzen oder zu... töten.«

Alexander nickte. »Genau.«

»Aber sie sind trotzdem über dich hergefallen.«

»Ja. Sie wollten mich erwischen, bevor ich sie erwische. Aber ich habe nicht einmal mit dem Gedanken gespielt, mich zu rächen.«

Worf nickte, berührte sanft das getrocknete Blut auf Alexanders Lippe und schaute dann zu der geschlossenen Tür. »Sie scheinen keine Knochenbrüche, Prellungen oder blauen Augen zu haben.«

»Ich hätte sie mit bloßen Händen zerreißen können!« In Alexanders Augen blitzte das klingonische Feuer auf, dann atmete er voller Abscheu vor sich selbst aus. »Aber ich habe mich nicht gewehrt. Ich bin ein mieser Klingone, genau wie Kim es behauptet hat. Nur nicht aus dem Grund, weshalb er dies meinte.«

»Ich wußte gar nicht, daß du ein Klingone *sein willst*.« Worf konnte seine Überraschung nicht verbergen und blinzelte.

»Das will ich auch nicht. Nicht gerade ein Klingone.« Alexander verlagerte sein Gewicht und wich dem Blick seines Vaters aus. »Ich will wie du sein.«

Worf sah ihn nur an.

Der Junge verstand das lange Schweigen, das nun folgte, völlig falsch und versuchte, das Eingeständnis, das er soeben gemacht hatte, zu relativieren. »Ich wollte, daß du stolz auf mich bist und dich nicht meiner schämen mußt.«

»Schämen?« Worf sah ihn noch immer an. »Ich schäme mich deiner nicht, und du bist kein… mieser Klingone. Deine Fähigkeit, dein Temperament unter so schwierigen Umständen zu beherrschen, ist beeindruckend. Und es liegt keine Schande darin, sich nicht zu wehren, wenn diese Entscheidung im Interesse einer größeren Sache getroffen wird.«

»Nicht?« Alexander sah mit einem verwirrten Stirnrunzeln auf.

»Nein. Nachdem ich K'Ehleyr gerächt hatte, indem ich Duras tötete, traf ich zum Wohl des Imperiums die Entscheidung, den Hohen Rat nicht aufzufordern, die Ehre unseres Familiennamens wiederherzustellen.«

»Aber Duras' Vater hat Khitomer an die Romulaner verraten, nicht Mogh!«

Worf seufzte. »Das stimmt, aber der gesamte Hohe Rat hat die Lüge unterstützt und damit Schande über sich gebracht. Hätte ich dieses Verhalten aufgedeckt, hätte ich das ganze Imperium ins Chaos gestürzt.«

Alexander runzelte die Stirn. »Aber dazu ist es dann trotzdem gekommen.«

»Ja.« Worf seufzte erneut. »Als die Familie Duras Gowrons Anspruch in Frage stellte, den Hohen Rat zu führen, mußte es zu einem Bürgerkrieg kommen. Mein Schweigen hat das Unvermeidliche nur hinausgezögert.«

»Ja.« Alexander nickte. »Jetzt wünsche ich mir, ich hätte mich verteidigt, als man mir vorwarf, das Bücherregal umgestoßen zu haben. Aber dafür ist es jetzt zu spät.«

Worf lehnte sich stirnrunzelnd zurück. »Meine Entscheidung hat Gowron wertvolle Zeit verschafft. Genauso war es eine kluge Entscheidung, die Schuld wegen des Bücherregals auf sich zu nehmen, um eine mögliche gefährliche Auseinandersetzung zu vermeiden.«

»Aber es hat nicht geklappt!« Die Hitze des Zorns wärmte Alexanders Blut, verging dann jedoch schnell in der Kälte der bitteren Verzweiflung. »Es ist trotzdem zu einer Prügelei gekommen, und alle glauben, ich hätte sie angefangen. Genau wie alle glauben, ich hätte das Bücherregal umgestoßen. Selbst wenn ich die Wahrheit sagte, würde mir jetzt keiner mehr glauben.«

»Die Wahrheit bleibt nicht für immer verborgen«, sagte Worf. »Duras' Lüge wurde aufgedeckt, und Gowron *hat* unsere Ehre wiederhergestellt, nachdem er siegreich aus dem Bürgerkrieg hervorging.«

»Ja, aber dann hat Gowron uns erneut aus dem Imperium verjagt.«

»Ja.« Worf biß vor Anspannung die Zähne zusammen. »Er wollte, daß ich zu ihm überlief, als das Imperium die Allianz mit der Föderation aufkündigte. Ich entschloß mich, bei Starfleet zu bleiben. Er verstand nicht, daß mein Treueid der Föderation gegenüber genauso bindend war, als hätte ich ihm meine Loyalität geschworen.«

Alexander entging nicht die kurze Traurigkeit, die die Augen seines Vaters verschleierte. Gowron hatte ihnen ihren Sitz im Hohen Rat geraubt, ihre Ländereien und Titel, und sie dann aus dem Klingonischen Imperium exmittiert. Worf hatte sogar seinen Bruder verloren, dessen Gedächtnis ausgelöscht und durch eine neue Identität ersetzt worden war, um ihn zu retten. Kurn erinnerte sich nicht nur nicht mehr daran, daß Worf sein Bruder war, er verachtete und schmähte ihn sogar.

Nun wurde Alexander mit einer tiefempfunden Traurigkeit bewußt, wie er sie noch nie zuvor verspürt hatte, daß ihnen von ihrer klingonischen Herkunft nur zweierlei verblieben war – sie hatten einander, und sie hatten ihre Ehre, die Worf niemals kompromittiert hatte.

»Doch darauf kommt es nicht an«, fuhr Worf fort. »Gowron *mußte* meine Entehrung zurücknehmen, weil seine Ehre ihm nicht erlaubte, die Wahrheit zu ignorieren... nämlich, daß Mogh bei Khitomer das Imperium nicht verraten hat. Und eines Tages wird er wohl teuer dafür bezahlen, daß er meinen Eid der Föderation gegenüber als irrelevant abgetan hat. Die Ehre gewinnt die Oberhand.«

»Wenn man es mit Klingonen zu tun hat«, stellte Alexander klar. »Mein Wort hat hier nicht die geringste Bedeutung, denn diese Leute wissen nicht, wie wichtig einem Klingonen sein Eid ist. Ich trage an nichts von dem die Schuld, was hier passiert ist, aber man wird mich trotzdem der Schule verweisen.«

Worf sträubte sich. »Ich werde nicht zulassen, daß sie dich wegen irgend etwas bestrafen, das du nicht getan hast.«

Alexander wußte das zu schätzen, doch die Perspektive seines Vaters war durch seine Jahre bei Starfleet verzerrt worden. Da Starfleet so viele verschiedene Rassen und Spezies in sich vereinigte, waren dort Toleranz und das Verständnis für fremde Kulturen dringend erforderlich. Außer bei ihm selbst und einem gelegentlichen Austauschschüler von einer anderen Welt mußten die Lehrer und Schüler von Mirnee Doleena jedoch so gut wie nie kritische kulturelle Unterschiede in Betracht ziehen.

»Ich glaube nicht, daß du sie daran hindern kannst«, sagte Alexander ehrlich. »Mein Wort steht gegen das von drei Menschen, die skrupellos lügen.«

Worf kniff nachdenklich die Augen zusammen. »Indem diese Jungen lügen, haben sie deine Ehre herausgefordert. Dementsprechend haben sie uns vielleicht auch die Mittel und Wege an die Hand gegeben, beide deiner Probleme zu lösen.«

»*Beide* meiner Probleme?«

»Das mangelnde Wissen an dieser Schule über die klingonische Kultur und die falsche Anschuldigung. Es gibt eine Möglichkeit, aber du mußt mir vertrauen und tun, was ich sage.«

Was hat er vor? fragte Alexander sich, während durch seinen Geist ein weiteres Dutzend Fragen schwirrten. Er stellte sie aber nicht.

»Du hast mein Wort«, sagte er ernst.

9

Nachdem Alexander seinen Platz auf der Bank wieder eingenommen hatte, sah Worf nacheinander alle vier Jungen an und wandte sich dann an Mrs. Miyashi. »Sie werden hier warten, bis man sie ruft. Ich muß allein mit ihren Lehrern und Eltern sprechen.«

»Äh… wenn Mr. Houseman damit einverstanden ist…«

»Wenn ich womit einverstanden bin?« Mr. Houseman runzelte die Stirn, als er aus seinem Büro trat.

»Es werde es Ihnen im Konferenzraum erklären, Mr. Houseman.« Ohne dem Direktor die Gelegenheit zu einer Antwort oder Ablehnung zu geben, öffnete Worf die Tür zum Konferenzraum und trat hinein. Er blieb am vorderen Ende des langen Tisches stehen. Alle fünf Menschen, die an dem Tisch saßen, reagierten auf sein Eintreten mit unterschiedlich starker Beunruhigung und Neugier.

Mr. Houseman folgte ihm. Ruhig und gelassen ging er an Worf vorbei und nahm am Kopf des Tisches Platz. »Bitte setzen Sie sich, Mr. Worf.«

»Danke. Ich bleibe stehen.«

»Ihnen wird hier nichts vorgeworfen, Mr. Worf«, versicherte der Direktor ihm freundlich.

»Nein, aber Alexander wirft man etwas vor, und ich bin überzeugt davon, daß er fälschlicherweise beschuldigt wird – zum zweitenmal innerhalb von zwei Tagen.« Worf hatte nie die menschliche Neigung verstanden, »um den heißen Brei herumzureden«, und kam lieber direkt zur Sache. Das war effizienter und gab ihm augenblicklich Einblick in die Einstellung der anderen Anwesenden.

Er stellte fest, daß die beiden Frauen und der Mann, die links von ihm saßen, Anstoß an seiner Erklärung nahmen. Die dunkelhäutige Frau runzelte zwar die Stirn, schien seine offene Aussage jedoch zu akzeptieren. Die zurückhaltenden Blicke der Frau asiatischer Abstammung und des Mannes verwandelten sich in feindseliges Starren. Sie waren, vermutete Worf, wohl die Eltern der anderen Jungen. Die hübsche Blondine rechts von ihm schaute verblüfft drein, dann zutiefst besorgt, als würde sie ihm recht geben. Der Mann rechts neben ihr schien noch kein Urteil gefällt zu haben.

Mr. Houseman machte sie schnell miteinander bekannt. Sie gaben sich nicht die Hände, sondern nickten sich nur zu, was Worf allerdings weitere nützliche Informationen gab. Mrs. Umbaya, die Bibliothekarin und der Physiklehrer begrüßten ihn mit einem verkniffenen, zögernden Lächeln, deuteten damit aber an, daß sie zumindest bereit waren, ihm zuzuhören. Mr. Sullivan und Mrs. Ho würden sich nicht so leicht überzeugen lassen.

»Die Sache mit dem Regal in der Bibliothek ist erledigt, Mr. Worf«, sagte Mr. Houseman ruhig. »Wir sind heute hier, weil Alexander, Jeremy, Bernard und Kim bei einer Prügelei auf dem Schulgelände erwischt wurden.«

»Die heutige Schlägerei ist die direkte Folge von Alexanders Schweigen bezüglich des Regals.« Worf hielt seine Stimme ebenfalls ruhig. »Er hat sich gestern nicht verteidigt, weil er glaubte, eine Konfrontation *verhindern* zu können, wenn er die Schuld auf sich nahm. Er hat die Schlägerei nicht angefangen.«

»Wollen Sie etwa behaupten, daß unsere Jungen sie angefangen haben?« erwiderte Mr. Sullivan hitzig.

»Warum sollten sie das?« fragte Mrs. Umbaya ehrlich verwirrt.

Mrs. Ho verlagerte unbehaglich das Gewicht, sagte aber nichts.

Worf war ihr Kummer nicht fremd. Er hatte nicht vergessen, wie peinlich es ihm gewesen war, als Miss Kyle, Alexanders erste Lehrerin auf der *Enterprise*, ihn über das störende Verhalten seines Sohns im Unterricht informiert hatte. Doch obwohl Worf entschlossen war, Alexander von dem falschen Verdacht zu befreien, war es ihm viel wichtiger, die Umstände zu korrigieren, die zu den Zwischenfällen geführt hatten, als für eine Bestrafung der anderen Jungen zu sorgen.

»Als besorgte und verantwortungsvolle Eltern müssen wir uns nicht die Frage stellen, wer was getan hat, sondern, warum sie es getan haben – wie Mrs. Umbaya es gerade schon gesagt hat.«

Mrs. Umbaya nickte, erfreut darüber, Anerkennung gefunden zu haben.

»Wir alle wissen, daß Klingonen sehr aggressiv sind«, blies Mr. Sullivan sich auf. »Offensichtlich muß Mr. Worfs Sohn *irgend etwas* getan haben, um die anderen gegen sich aufzubringen.«

»Offensichtlich?« Miss Marconi sah Jeremys Vater wütend an. »Sind alle Menschen irischer Abstammung Alkoholiker und Terroristen?«

»Natürlich nicht!« fauchte Mr. Sullivan und kniff dann die Augen zusammen. Die Demütigung ließ ihn erröten, und er räusperte sich. »Obwohl vor ein paar hundert Jahren sehr viele Leute so gedacht haben. Ich bitte Sie für diese abträgliche Bemerkung um Entschuldigung, Mr. Worf.«

Worf akzeptierte sie mit einem gnädigen Nicken.

»Vorurteile.« Mr. Cunningham seufzte. »Die Menschen leben schon so lange zusammen, ohne sich um ihre Unterschiede zu kümmern, daß ich das häßliche Tier nicht erkannte, als es mir ins Gesicht starrte. Vorurteile sind das Problem, nicht wahr, Mr. Worf?«

»Ich glaube schon.« Worf musterte die bekümmerten Gesichter der Anwesenden und stellte fest, daß alle bis auf Mrs. Ho nun gesprächsbereit zu sein schienen. »Trotz der langen Allianz zwischen der Föderation und dem Imperium weiß die Erde nur sehr wenig über unsere Kultur und Werte. Unwissen führt zu Mißverständnissen.«

»Das ändert nichts an der Tatsache, daß Ihr Sohn gestern in der Bibliothek verrückt gespielt hat!« Ein angesichts der Umstände völlig übertriebener Zorn flackerte in Mrs. Hos Augen auf und verzerrte ihr Gesicht. »*Das* war kein Mißverständnis. Kim hat mir erzählt, daß Miss Marconi Alexander auf frischer Tat ertappt hat.«

»Eigentlich...« Die Bibliothekarin sah Mr. Houseman und dann Worf verlegen an. »Ich habe nicht *gesehen*, daß Alexander das Regal umgestoßen hat. Sein Ärmel war zwischen dem Regal und dem Tisch eingeklemmt, und als ich hinüberlief, war er allein dort. Aber...«

»Ja?« Worf nickte ihr aufmunternd zu.

Miss Marconi seufzte laut. »Jeremy, Bernard und Kim waren zu diesem Zeitpunkt ebenfalls in der Schulbibliothek.«

Mr. Houseman fuhr zusammen. »Und Sie halten es für möglich, daß die drei es getan haben?«

Die Bibliothekarin zuckte mit den Achseln. »Für möglich, ja. Aber ich kann es nicht beweisen. Sie müßten es schon gestehen.«

»Das gleiche gilt für die Schlägerei heute«, fügte Mr. Cunningham hinzu. »Bernard hat *behauptet*, Alexander habe angefangen, und die beiden anderen haben es bestätigt, aber wir wissen es nicht genau.«

Mrs. Umbaya schnappte empört nach Luft. »Ich kann einfach nicht glauben, daß Bernard lügen oder so etwas Schreckliches tun würde, nur weil Alexander Klingone ist.«

»Kim schon.« Ungehemmt flossen Tränen Mrs. Hos Wangen hinab. »Mein Bruder wurde von Klingonen getötet.«

Ein paar Sekunden lang sagte niemand etwas.

»Ich gestehe es nicht gern ein«, ergriff Mr. Sullivan schließlich leise das Wort, »aber Jeremy wäre vielleicht auch dazu imstande. Seit seinem sechsten Lebensjahr will er eine Starfleet-Laufbahn einschlagen. Ihm zufolge teilen Bernard und Kim seinen Traum. Vielleicht haben sie in ihrer jugendlichen Begeisterung vergessen, daß die wichtigste Funktion von Starfleet die Forschung ist. Die Auseinandersetzung mit dem Klingonischen Imperium hat den militärischen Aspekt von Starfleet in der Tat ungewöhnlich stark betont.«

»Und Alexander ist das Antlitz des Feindes.« Mrs. Umbaya atmete tief aus und senkte den Blick.

»Ich weiß nicht, wie ich nun vorgehen soll«, gestand der Direktor und fuhr sich mit der Hand durchs Haar. »Ohne Beweise oder Geständnisse finden wir vielleicht nie heraus, was tatsächlich in der Bibliothek passiert ist. Doch ich bin nicht mehr davon *überzeugt*, daß Alexander schuldig ist. Trotzdem haben sie sich auf dem

Schulgelände geprügelt. Ich sehe keine andere Wahl, als sie alle zu bestrafen.«

»Ich habe eine bessere Idee.« Als sich alle zu ihm umdrehten und ihn aufmerksam beobachteten, fuhr Worf fort. »Nur die Jungen kennen die Wahrheit. Wir können sie ihnen nicht mit Gewalt entreißen. Vielmehr müssen sie sie freiwillig preisgeben, ihrer Ehre halber. Als Ehrensache. Ehre ist kein Begriff, den lediglich Klingonen kennen. Er gilt auch in der gesamten menschlichen Geschichte als Wertmaßstab eines jeden einzelnen Menschen. Bei Starfleet-Offizieren ist er unerläßlich.«

»Worauf wollen Sie hinaus, Mr. Worf?« fragte Mr. Sullivan lächelnd.

Alexander stand mit Jeremy, Bernard und Kim vor dem Tisch. Die Erwachsenen, die an ihm saßen, betrachteten sie mit so grimmigen und düsteren Gesichtern, daß er sich fragte, ob sein Vater ihnen den Marsch geblasen hatte. Er richtete seinen Blick starr geradeaus, wußte jedoch, daß Worf an der Seite des Tisches stand. Die zusammengekniffenen Augen seines Vaters, der stechende Blick und die stolze Haltung waren unmißverständliche Anzeichen dafür, daß er jetzt wieder ganz und gar Klingone war.

»Alexander!« blaffte Worf scharf.

Jeremy, Bernard und Kim zuckten zusammen.

»Ja, Sir.« Alexander schluckte heftig und rief sich in Erinnerung, daß sein Vater einen Plan hatte. Ganz egal, was passierte, er mußte ihm vertrauen – blindlings und rückhaltlos.

»Hast du das Bücherregal in der Bibliothek umgestoßen?«

»Nein, Sir, das habe ich nicht.«

»Weißt du, wer es getan hat?«

»Ja.«

Worf verschränkte die Arme vor der gewaltigen Brust und trat vor ihn. »Nenne die Namen.«

Alexander spürte, wie Jeremy sich neben ihm anspannte, und zögerte. Er war sich nicht sicher, was für eine Antwort sein Vater erwartete. Eine ehrliche und ehrbare, wurde ihm klar. »Nein.«

Worf hielt inne und vergrößerte die Spannung mit seinem Schweigen. »Das ist dein gutes Recht. Doch Bernard Umbaya hat dich beschuldigt, die Prügelei auf dem Fußballplatz angefangen zu haben.«

Bernard atmete tief ein und stieß einen leisen Schrei aus.

Mrs. Umbaya hob schnell die Hand vor den Mund, doch Alexander konnte nicht genau sagen, ob sie ein Lächeln oder einen Schreckensschrei verbarg.

Worfs Aufmerksamkeit blieb auf ihn gerichtet. »Hast du angefangen?«

»Nein, Sir.«

Worf sprach noch immer zu Alexander, drehte sich aber um und sah Bernard an. »Dann hat er deine Ehre beleidigt«, fuhr er leise und mit drohendem Tonfall fort.

»Ja.«

»Und morgen ist der *Batlh Jaj*!«

Bernard erbleichte, fuhr zusammen und sah flehentlich seine Mutter an. »Mom?«

Ihre einzige Reaktion war ein unfreundliches Stirnrunzeln.

»*Batlh Jaj*!« wiederholte Worf langsam.

Alexander runzelte die Stirn. Sollte er etwas sagen?

»Der klingonische Tag der Ehre«, half Worf ihm auf die Sprünge. »Der einzige Tag, an dem Nicht-Klingonen teilnehmen dürfen am…«

»Am *Suv'batlh*!« Alexander schrie das Wort hinaus. Plötzlich war ihm klar, worauf sein Vater hinauswollte. Er setzte sein grimmigstes klingonisches Gesicht auf, drehte sich zu Bernard um und schnaubte leise. »Da du gelogen und mich fälschlicherweise beschuldigt hast, fordere ich dich zum Ehrenkampf heraus.«

»Zum Kampf?« quiekte Bernard.

Worf trat zurück und ermöglichte es Alexander damit, jedem der drei Jungen in die Augen zu sehen, während er von einem zum anderen ging. Normalerweise kämpften beim *Suv'batlh* drei gegen drei. Alexander hatte keine Gefährten, die ihn unterstützen konnten, und entschloß sich, reinen Tisch zu machen.

»Drei gegen einen.«

»Äh…« Verzweifelt sah Bernard zuerst Jeremy und dann Kim an.

»Wir nehmen die Herausforderung an.« Kims Augen füllten sich mit giftigem Haß.

»Ach ja?« Bernard blinzelte unsicher und zuckte dann mit den Achseln. »Genau. Wir nehmen sie an.«

»Gern.« Jeremy lächelte mit selbstgefälliger Zuversicht.

Worf griff wieder ein und wandte sich an Bernard. »Obwohl das *Suv'batlh* traditionsgemäß auf dem Territorium dessen durchgeführt wird, dessen Ehre herausgefordert wurde, findet dieser Kampf auf neutralem Grund statt. In der Turnhalle. Morgen vormittag. *Qapla!*«

Der Klingone drehte sich abrupt um und schritt kühn zur Tür hinaus.

Alexander zögerte, sah dann jedoch, daß Miss Marconi ihm verstohlen bedeutete, er solle auch gehen. Mit stolz erhobenem Kopf marschierte er seinem Vater hinterher.

Worf änderte weder Geschwindigkeit noch Rhythmus seiner Schritte, bis sie draußen waren und über den Fußballplatz gingen. Selbst dann mußte Alexander noch laufen, um nicht zurückzufallen.

»Wie hast du Mr. Houseman und die anderen Eltern dazu gebracht, einem *Suv'batlh* zuzustimmen?«

»Die Ehre ist für die meisten Menschen genauso wichtig wie für die Klingonen«, erklärte Worf und schritt endlich langsamer aus, damit Alexander nicht mehr laufen mußte. »Sie preisen sie nur nicht so laut und häufig an wie die Klingonen.«

»Oh.« Alexander folgte seinem Vater. Die düsteren Wolken am Abendhimmel schienen plötzlich noch eine ganz andere Bedeutung zu bekommen. »An dieser ganzen Sache stört mich eins aber ganz gewaltig.«

»Und was?«

»Jeremy, Bernard und Kim kennen sich mit einem *Bat'leth* überhaupt nicht aus, und ich übe schon seit Jahren damit. Es scheint mir einfach nicht fair zu sein, mit solch einem gewaltigen Vorteil in einen Ehrenkampf zu gehen.«

Worf nickte. »Eine ehrenvolle Feststellung. Doch ich versichere dir, das morgige *Suv'batlh* wird für deine Widersacher fairer sein, als sie es zu dir waren.«

Alexander platzte fast vor Neugier und konnte sich die Frage nicht verkneifen. »Wie kannst du dir so sicher sein?«

»Weil...« Worf blieb am Waldrand stehen und sah zu ihm hinunter. »Weil du die Wahl der Waffen hast.«

10

Alexander stand neben einem Wandschirm an der Rückseite der Turnhalle und sah zu, wie diese für die Versammlung zum Tag der Ehre umgebaut wurde. Wäre es eine größere Schule in einer Großstadt gewesen, hätte man die Bühnendekorationen und Requisiten in einer Holoaula programmieren können, doch die kleine Schule von Mirnee Doleena war nicht mit diesem technologischen Luxus ausgestattet. Worf, Mrs. Petrovna und Mr. Santiago, die Sportlehrer, die ihre Hilfe angeboten hatten, bauten die klingonischen Requisiten auf, die sein Vater und seine Großmutter am Abend zuvor ausgemottet oder repliziert hatten.

Die Sportgeräte waren in den hinteren Teil der Turnhalle geschoben worden, um Platz für die *Batlh Jaj*-Präsentation zu schaffen. Sitzreihen waren auf beiden Seiten aufgebaut worden, damit die Schüler und Lehrer Platz fanden, und vorn standen Stühle, auf denen Mr. Houseman, einige seiner Kollegen, das nicht unterrichtende Personal, seine drei Gegner und deren Eltern Platz nehmen konnten.

Mrs. Petrovna und Mr. Santiago betraten die Halle. Sie schoben zwei metallene *Bat'leth*-Ständer neben den Schirm und eilten dann wieder hinaus.

Helena und Sergei Rozhenko befestigten eine große klingonische Flagge an dem Wandschirm. Sie schienen nur so vor Energie zu strotzen.

»Was hältst du davon, Alexander?« fragte seine

Großmutter. Ihre Augen leuchteten vor Begeisterung. »Das habe ich vor langer Zeit für deinen Vater gemacht.«

Alexander neigte den Kopf und betrachtete das rote Banner mit dem golden leuchtenden Symbol des Imperiums in der Mitte. »Es sieht toll aus. Sehr… klingonisch.«

»Genau wie du!« Sergei strahlte, als er Alexander einmal von oben bis unten betrachtete. »Du siehst ziemlich… furchterregend aus.«

»Wie ein richtiger Krieger«, erklärte Helena mit stolzer Freude.

Alexander verdrehte die Augen, doch die Komplimente gefielen ihm. Die engsitzenden schwarzen Hosen und die kniehohen Stiefel waren zwar bequem, doch der metallbeschlagene und von einem Gürtel zusammengehaltene Harnisch, den er über einem schwarzen Hemd trug, fühlte sich fürchterlich an. Er kämpfte gegen den Drang an, sein langes, schwarzes Haar zurückzuschieben, das in einer wilden Kaskade über seine Schultern fiel. Doch er war froh darüber, daß sein Anblick einschüchternd wirkte. Er bezweifelte jedoch, daß er auch nur annähernd so wild wirkte wie sein Vater.

»Dein *Bat'leth,* Alexander.« Worf, der ebenfalls die Rüstung eines klingonischen Kriegers trug, kam auf die kleine Gruppe zu. Er legte das uralte Familien-*Bat'leth* auf das größere Gestell und gab seinem Sohn das andere der traditionellen Schwerter. Alexander legte es vorsichtig auf das kleinere Metallgestell. »Wo sind Miss Marconi und Mr. Cunningham?«

»Hier!« Der Physiklehrer, der über einem schwarzen Hemd eine lange klingonische Robe aus großen blauen, silbernen und braunen Flicken und eine Hose trug, die von einem breiten silbernen Gürtel gehalten wurde, eilte durch die Turnhalle. Miss Marconi bewegte sich etwas ruhiger; in einer ähnlichen Robe aus grünen und goldenen Stoffteilen, die sie über einem langen Kleid mit einem goldenen Gürtel trug, wirkte sie geradezu königlich. Die Gesichter beider Lehrer leuchteten vor Eifer.

»Also!« Mr. Cunningham klatschte in die Hände. Offensichtlich bereitete es ihm große Freude, an der *Batlh Jaj*-Zeremonie teilzunehmen. »Was sollen wir tun?«

Worf winkte Mr. Santiago zu sich und nahm den Sportlehrern eine große Standarte aus den Händen. An dem Stab waren Metallkugeln angebracht, die abwechselnd mit gebogenen oder sternförmigen metallenen klingonischen Symbolen verziert waren. Dann deutete er auf eine Seite des Wandschirms. »Sie werden hier stehen.«

Der Lehrer trat gehorsam zu der Stelle, auf die Worf zeigte.

»Normalerweise«, fuhr der Klingone fort, »gibt es während des Rituals ganz bestimmte Augenblicke, bei denen der Standartenträger den Stab singen läßt.« Als Worf den Stab sanft schüttelte, klingelten kleine Metallplättchen an Ketten, die an den gebogenen Verzierungen befestigt waren. »Da wir aber keine Zeit für eine genaue Unterweisung haben, dürfen Sie nach eigenem Belieben klingeln.« Er gab dem Lehrer die Standarte und wandte sich ab.

Der Physiklehrer zögerte und schüttelte den Stab dann.

Das Klingeln der Plättchen erregte Worfs Aufmerksamkeit, und er drehte sich wieder um.

Mr. Cunningham zuckte mit einem schelmischen Funkeln in den Augen die Achseln. »Ich übe schon mal etwas.«

Alexander lächelte, als sein Vater ging, um die restlichen Requisiten zu holen. Ihm schwante, das Klingonische Imperium würde es keineswegs gutheißen, daß Nicht-Klingonen an der Zeremonie teilnahmen und sie dann auch noch so eigenwillig gestalteten. Doch die Bereitschaft seines Vaters, von akzeptablen klingonischen Traditionen abzuweichen, war ermutigend. Wenn Worf so flexibel sein konnte, war das vielleicht auch ihrem menschlichen Publikum möglich.

»Was ist mit mir?« Als Worf zurückkam, sah Miss Marconi ihn erwartungsvoll an.

»Sie werden die Fackeln anzünden.« Worf gab ihr eine kleine Tech-Fackel. Wenn sie auf einen Knopf in dem langen Schaft drückte, würde sich an der Spitze eine Flamme entzünden.

Miss Petrovna und Mr. Santiago kamen auf die Bühne zurück. Sie schoben zwei weitere Gestelle herbei. Auf jedem waren drei Fackeln aus Holz und Pech befestigt.

Als die Sportlehrer die Ständer hinter die *Bat'leth*-Halter schoben, bemerkte Worf Alexanders fragenden Blick. »Unter diesen Umständen kamen mir Fackeln… passend vor.«

Alexander hob die Hände, um anzudeuten, daß er keine Einwände hatte.

»Es ist gleich soweit, Mr. Worf«, sagte Mr. Santiago. »Ich hoffe nur, daß ich mein Stichwort nicht verpasse.«

»Die Beleuchtung soll lediglich die dramatische Wirkung verstärken«, versicherte Worf ihm mit einem weiteren Blick auf Alexander. »Das gehört zu dem *Zeug*, das so viele Menschen mit klingonischen Ritualen in Verbindung zu bringen scheinen. Wir versuchen ja schließlich, ein symbolisches Zeichen zu setzen.«

»Ich glaube, alle werden beeindruckt sein.« Miss Petrovna hob ihre Hand mit gestrecktem Daumen und folgte Mr. Santiago dann zur anderen Seite der Turnhalle.

Nachdem seine Großmutter Alexander einen aufmunternden Klaps auf den Rücken gegeben hatte, ging sie zu seinem Großvater hinüber, der die Stühle vor den Sitzbänken aufbaute. Miss Marconi trat zur Hauptbühne zwischen den *Bat'leth*-Gestellen. Alexander atmete tief ein und folgte Worf hinter den Wandschirm, um dort zu warten.

Mr. Santiago hatte mittlerweile hinter dem technischen Steuerpult Platz genommen. Er verdunkelte die Fenster, und in der Turnhalle wurde es völlig dunkel. Dann schaltete er die Lampen der Turnhalle ein, ließ die *Batlh Jaj*-Bühne aber im Dunkeln.

Alexander lauschte dem schwachen Flüstern des Atems seines Vaters und den gedämpften Geräuschen der Schüler und Lehrer, die nun in die Turnhalle strömten und Platz nahmen. Er konnte das Pochen seines eigenen Herzens hören, als es dröhnend gegen seine Rippen schlug. In Erwartung des Kampfes, der bald geführt werden würde, um seine Ehre zu rächen, floß Wärme aus dem pulsierenden Herzmuskel in sein Blut. Sie strömte durch die Hauptadern, breitete sich bis in die kleineren Blutgefäße aus und flößte jedem Muskel, jedem Nerv das unverfälschte Gefühl ein, Klingone zu sein.

Alexander zitterte, als die Eindringlichkeit des Augenblicks eine Erinnerung hervorrief, die in den Tiefen seines Geistes verborgen lag. Plötzlich erschien vor seinem inneren Auge das Bild eines vertrauten, alten Klingonen.

K'mtar.

Kurz vor der Vernichtung der *Enterprise* war der treue Berater der Familie zu ihnen geeilt, um ein Attentat auf Worf während eines *Kot'baval*-Festes auf einem abgelegenen klingonischen Vorposten zu verhindern. K'mtar hatte versucht, ihn zu zwingen, ein Krieger mit so inbrünstiger Entschlossenheit zu werden, wie sein Vater sie an den Tag legte. Er hatte sich geweigert, genauso starrköpfig, wie er stets Worfs Versuche zurückgewiesen hatte. Dann war K'mtar, ohne sich auch nur zu verabschieden, aus seinem Leben verschwunden – und aus seinen Gedanken.

Als Alexander nun plötzlich wieder an ihn dachte, wurde ihm klar, wie ironisch seine derzeitige Situation war. Er hatte nicht bewußt mitbekommen, daß Worf seit K'mtars Abschied damit aufgehört hatte, ihn zu drängen, die klingonische Lebensweise zu akzeptieren. Danach hatten sie viel zu wenig Zeit miteinander verbracht. Die Vernichtung der *Enterprise* hatte dazu geführt, daß er auf die Erde zurückgekehrt war und sein Vater auf *Deep Space Nine* diente. Doch selbst nach seiner Rückkehr hatte Worf ihn nicht mehr bedrängt, obwohl ihm klar war, daß seine Unkenntnis der klingonischen Kontrollmethoden für seine Wutanfälle verantwortlich war. Er hatte ihm nur Vorschläge gemacht. Und als Alexander schließlich die Entscheidung allein treffen konnte, hatte er sich entschlossen, die Macht des klingonischen Ichs zu erkunden, das er immer zurückgewiesen hatte.

Doch nun wurde Alexander erstaunt klar, daß diese

Macht keinen eigenen Willen hatte. Wenn er seine Gedanken konzentrierte, konnte er verhindern, daß das Feuer in ihm ungezügelt raste, konnte er es eindämmen und hervorholen und benutzen, wann und wie er es wollte. Das hoffte er zumindest. Erst das *Suv'batlh* würde ihm verraten, ob er noch immer Sklave der Wildheit in seinen Genen war oder sie gezähmt hatte.

Draußen verlöschten langsam die Lichter, und Worf spannte sich neben ihm an.

Das Zischen und Knistern von Miss Marconis Tech-Fackel, die nun entzündet wurde, und das kollektive ehrfürchtige Keuchen der Zuschauer drangen an seine Ohren. Während die Bibliothekarin rechts und links von ihnen die hölzernen Fackeln anzündete, beobachtete er seinen Vater. Als Worf ihm bedeutete, daß es nun an der Zeit war, sahen sie sich lange an. Er spürte, daß die Spannung bei den Zuschauern wuchs; sie fragten sich, was nun geschehen würde. Seine Nerven waren vor Aufregung angespannt. Dann erwiderte er Worfs Nicken und trat um das rechte Ende des Wandschirms, während sein Vater um das linke ging.

Alexander ahmte Worfs Bewegungen nach und blieb vor dem Gestell mit den brennenden Fackeln auf seiner Seite der Bühne stehen. Miss Marconi stand vor der klingonischen Flagge und hielt noch immer ihre Fackel hoch. Auf ihrem hübschen Gesicht lag ein mürrischer Ausdruck typisch klingonischer Verachtung. Mr. Cunningham wartete auf der rechten Seite, hielt die Standarte bereit, klingelte aber noch nicht mit ihr. Er wirkte unglaublich überlegen und gefaßt. Was aber, überlegte Alexander, einem Lehrer gar nicht so schwer fallen dürfte.

Ihr dramatischer Auftritt hatte jedoch die gewünschte Wirkung. Die Zuschauer schnappten wieder nach Luft, und ein ängstliches Flüstern kräuselte sich durch ihre Ränge. Ihre ungeteilte Aufmerksamkeit war ihnen so sicher, wie ein Shuttle im Traktorstrahl eines Raumschiffs gefangen war.

»Batlh Jaj!« dröhnte Worfs tiefe Stimme. Plötzlich erhellte ein Scheinwerferstrahl seinen Kopf und Oberkörper und verstärkte das flackernde Licht der Fackeln.

»Der Tag der Ehre!« übersetzte Alexander laut, als der Lichtstrahl auch ihn erfaßte.

Mr. Cunningham klingelte.

Perfekt! Alexander lauschte mit zum Zerreißen gespannten Nerven, während sein Vater in scharfem, stakkatohaftem Klingonisch kurz die Ursprünge des Feiertags erklärte.

»Jatlh ta' tlhIngan Du yuQ! Nob'ta Wo'che…«

Die Macht von Worfs befehlsgewohnter Stimme schlug alle in den Bann. Obwohl keiner ein Wort verstand, rührte sich in der Dunkelheit niemand. Alexander hätte auch nichts verstanden, hätte er in der Nacht zuvor nicht die Übersetzung auswendig gelernt und sie immer wieder vorgetragen.

Als sein Vater verstummte, übersetzte Alexander die Textstelle. Er sprach bewußt mit einem eindringlichen, abgehackten Rhythmus. »Verkündet auf der klingonischen Farmwelt Soch! Ein Planet, der dem Imperium gemäß den Vereinbarungen des Vertrages von Organia im Jahre 2267 zugesprochen wurde. Wo Feinde, deren Wunden vom Krieg noch frisch waren, sich vereinigten, um die einfallenden Narr abzuwehren.«

Alexander kam wieder zu Atem, während Worf auf Klingonisch fortfuhr. Als er den nächsten Abschnitt übersetzte, spürte er die Macht der leidenschaftlichen Worte.

»Zu Ehren von Captain James T. Kirk, der für eine Welt kämpfte, die zu verteidigen er *nicht* geschworen hatte.«

Worfs laute klingonische Worte hallten von den Sparren wider.

»Zu Ehren von Commander Kor«, wiederholte Alexander, »der in einem Feind Ehre erkannte und den Mut hatte, sein Leben für den Sieg aufs Spiel zu setzen!«

»Batlh hoch yIn vI'tak je pol qaHegh 'Ip!«

Alexander kniff die Augen zusammen, und seine Stimme klang plötzlich hart und drohend, als er die letzte Passage übersetzte. »Zu Ehren *aller*, die die Wahrheit achten und ihr Ehrenwort bis zum *Tod* einhalten!«

Abgesehen von Mr. Cunninghams klingelnder Standarte folgte auf die Schlußbemerkung absolute Stille. Alexander argwöhnte, daß der Hinweis auf den Tod die Zuschauer schockiert hatte, oder daß sie zu sehr von seinem Vater eingeschüchtert waren, um zu riskieren, ihn mit Applaus zu beleidigen. Vielleicht verblüffte sie es auch nur, daß James T. Kirk, der berüchtigtste und berühmteste Raumschiff-Captain der Föderation, für den höchsten Feiertag des Klingonischen Imperiums verantwortlich war. Wie dem auch sei, ihre Reaktion würde ihm letzten Endes zum Vorteil gereichen.

Als Worf und Alexander zu den Gestellen mit den *Bat'leths* gingen, folgten ihnen die Scheinwerferlichter. Über den Zuschauerrängen blieb alles dunkel, doch über der Bühne flammte das Licht auf, als Vater und Sohn die gekrümmten Waffen mit beiden Händen ergriffen und über die Köpfe hoben.

»Das *Suv'batlh* wird ausgetragen, wenn die Ehre eines Kriegers von einem anderen herausgefordert wird.« Worfs Blick glitt über die dunklen Gesichter vor ihm.

Alexander sah seine Gegner aus dem Augenwinkel. Jeremy, Bernard und Kim saßen auf ihren Stühlen und waren im schwachen Licht, das von der Bühne fiel, einigermaßen deutlich auszumachen. Sie ließen ihn nicht aus den Augen, und auf ihren Gesichtern zeigte sich alles von vorsichtiger Neugier über nacktes Entsetzen bis hin zu offener Feindseligkeit. Alexander unterdrückte ein Lächeln und nahm sich zusammen, während sein Vater fortfuhr.

»Der uralte Ehrenkampf stellt den Mut im Herzen eines Kriegers, aber auch sein Geschick auf die Probe!«

Als der Physiklehrer den Stab schüttelte, sang die Metallstandarte.

Auf dieses Zeichen bewegte Alexander sich unisono mit seinem Vater und senkte sein Schwert. Er hielt den Blick auf Worfs Gesicht gerichtet, während sie sich langsam umkreisten und die tödlichen, spitzen Enden der gekrümmten *Bat'leths* vor sich schwangen, hoben und senkten. Als Alexander plötzlich herumwirbelte, zurücktrat und die Waffe über die Schulter schwang, ertönte von den Zuschauerrängen ein überraschtes, wenn nicht sogar entsetztes Keuchen. Worf hob blitzschnell die eigene Klinge und wehrte den nach unten geführten Hieb ab.

Alexander erstarrte und behielt seine Position bei.

Worf drehte lediglich den Kopf zum Publikum. »Wenn ein klingonischer Krieger das *Suv'batlh* kämpft, greift er niemals auf eine Täuschung zurück«, erklärte er. »Es wäre unehrenhaft, sich dem Kampf mit hinterhältigen Mitteln oder Tricks zu entziehen.«

Sofort wich Alexander zurück und wehrte die seitlich geführten Schläge seines Vaters ab. Metall schepperte gegen Metall, bis er Worfs Schwert mit einer vertikalen Bewegung abblockte und wieder erstarrte.

»Beim *Suv'batlh* gesteht ein Krieger *niemals* seine Niederlage ein.« Worf schnaubte, und die Zuschauer atmeten beunruhigt ein. »Der Kampf wird *immer* bis zum Ende ausgetragen.«

Schnell wie der Blitz und ohne jede Warnung setzte Alexander zum letzten Teil der Vorführung an, ihrem Höhepunkt. Er stieß die Klinge seines Vaters beiseite, umkreiste ihn, drehte das einen Meter lange Schwert geschickt um und blockierte Worfs von oben geführten Schlag. Er wirbelte herum und schlug mit dem Schwung seiner Bewegung zu. Worf blockte ab. Alexander führte einen Schlag zur anderen Seite aus. Worf blockte ab, trat einen Schritt zurück und hob die Waffe zu einem Schlag über die Schulter. Mit einem lauten Scheppern prallte sie auf Alexanders Klinge, die der Junge schnell hochgerissen hatte. Dann sprang Alexander wie geplant vor und ›warf‹ seinen Vater aus dem Gleichgewicht. Mit einem letzten, von oben geführten Schlag versetzte er Worf den ›Todesstoß‹ gegen die Brust. Als Worf zusammenbrach, schaltete Mr. Santiago die Lampen aus.

Totenstille herrschte, als Worf aufstand, das Schwert über den Kopf hob und ebenso wie Alexander die Siegeshaltung einnahm. Die gespannte Stille explodierte zu lautem Jubel, Gejohle und donnerndem Applaus, als die Scheinwerfer wieder aufleuchteten und Vater und Sohn in ihrer ganzen majestätischen klingonischen Pracht zeigten.

Alexander bemerkte, daß Mr. Houseman und seine Großeltern wie alle anderen applaudierten und grinsten. Die Eltern seiner Gegner saßen reglos da, mit kalten, starren Gesichtern. Jeremy, Bernard und Kim schienen die einzigen anderen Zuschauer zu sein, die die Demonstration nicht außerordentlich genossen hatten.

Die Stille, die einsetzte, als der Applaus verklang, war eher eine der gespannten Erwartung als eine der Besorgnis.

Alexander legte sein Schwert auf die Armbeuge, trat vor und stand dann stocksteif da, während Worf sein *Bat'leth* auf das Gestell legte. Als sein Vater sich wieder an die Zuschauer wandte, hielt er den Blick stur geradeaus gerichtet.

»Alexander Rozhenko hat sein Ehrenwort gegeben, das Bücherregal in der Bibliothek nicht umgestoßen zu haben.«

Lehrer und Schüler runzelten die Stirnen, und ein verwirrtes Flüstern ging durch die Zuschauerränge.

»Er weigert sich, die Schuldigen zu nennen. Warum?« fragte Worf und wirbelte zu seinem Sohn herum.

Alexander zuckte zusammen, obwohl er die Frage erwartet hatte, riß sich aber schnell wieder zusammen. »Ein Herz ohne Ehre ist hohl. Wer ohne Ehre lebt, hat sich selbst entsagt. Ohne Ehre zu sterben, bedeutet ewige Schmach.« Er hielt kurz inne, damit die Bedeutung dieser Worte einsickern konnte, bevor er dann fortfuhr. »Es wäre nicht ehrenhaft, jemandem das Recht zu verweigern, ehrenvoll zu handeln und zu gestehen.«

Alexander sah, daß alle drei Jungen die Stirnen runzelten. Jeremys Gesichtsausdruck war noch feindselig,

Bernard zeigte Angst. Kim schaute nachdenklich besorgt drein.

»Alexander Rozhenko wurde offen beschuldigt, auf dem Schulgelände eine Prügelei angefangen zu haben«, fuhr Worf fort. »Auch dies hat er mit seinem Ehrenwort abgestritten. Da seine Ehre beleidigt wurde, hat er eine Herausforderung ausgesprochen, und diese Herausforderung wurde akzeptiert.« Mit finsterem Gesicht drehte er sich um und zeigte auf die drei Jungen. »*Ihr* werdet nun vortreten und euch der Herausforderung stellen!«

Hinter sich hörte Alexander das eindringliche Klingeln von Mr. Cunninghams metallener Standarte.

Nervöses, überraschtes und verängstigtes Gemurmel plätscherte durch die Zuschauerränge, als Jeremy, Bernard und Kim aufstanden und langsam zu ihnen kamen. Alexander sah sie nicht an, als sie vor ihm stehenblieben, spürte jedoch, daß sie alle Angst hatten. Selbst Jeremys schützende Kruste der selbstgefälligen Zuversicht war zerbröckelt.

»Die Ehre des Siegers wird wiederhergestellt, und man wird ihm jeden Wunsch erfüllen, den er äußert.« Worf sah Alexander an und brüllte dann laut auf, als er zurücktrat. »Herausforderer! Triff die Wahl der Waffen! Das *Suv'batlh* möge beginnen!«

Alexanders Augen blitzten, als er den Blick auf seine Widersacher richtete. Er hob das *Bat'leth* über den Kopf, schrie laut auf und schüttelte das Schwert. »*Batlh Daqawlu'jlH!*«

Bernard zitterte. Jeremy spannte alle Muskeln an, und Kim schob das Kinn vor. Allen drei Jungs wich die Farbe aus den Gesichtern. Plötzlich waren sie schneeweiß.

»Qab jlH nagil!« schnaubte Alexander. »Man wird sich mit Ehrfurcht an mich erinnern! Tretet gegen mich an, wenn ihr es wagt!« Mit einer fließenden Bewegung hob er das Schwert über die Schulter und wollte dann eigentlich in dieser Haltung verharren.

Als die Wut in ihm explodierte, blendete sie ihn geradezu.

11

Alexanders Arme zitterten, und seine Hände schlossen sich um kaltes Metall, während er gegen den wilden Drang ankämpfte, die Waffe zu schwingen.

Jeremy und Kim zuckten zusammen. Bernard duckte sich und riß die Arme über den Kopf.

Auf den Zuschauerrängen schnappten die Leute nach Luft oder schrien beunruhigt auf. Schüler sprangen in entsetztem Unglauben hoch, und Lehrer sahen sich unsicher an. Mr. Houseman, das Büropersonal und Eltern hockten buchstäblich auf den Stuhlkanten.

Von der Macht erfüllt, die durch seine Adern floß, verspürte Alexander den überwältigenden Drang des klingonischen Raubtiers, den ersten Treffer zu landen und seinem Gegner blutige Wunden zu schlagen. Er kämpfte dagegen an und griff auf eine stärkere Leidenschaft und eine andere Kraft zurück. Das war keine Jagd, und er war kein Tier ohne Verstand. Er biß die Zähne zusammen, schwang das Schwert, drehte es geschickt und hielt das *Bat'leth* abrupt vor seiner Brust an. Er stand völlig reglos da, während er sich tief in sich zurückzog und das *Mok'bara* benutzte, um den Zorn zu beruhigen. Dann atmete er langsam aus, drehte das Schwert herum, so daß die scharfe Klinge auf ihn selbst gerichtet war, und hielt es Worf hin.

»Das *Suv'batlh*«, sagte Alexander und drehte sich wieder zu den Jungen um, »muß fair ausgetragen werden, wenn der Ehre Genüge getan werden soll. Das sind die Waffen, die ich wähle.« Als er auf die andere Seite der Turnhalle zeigte, erhellten Scheinwerfer plötzlich das Seitpferd, das Reck und den Bock.

Die Jungen blinzelten mit benommener Verwirrung.

Jeremy erholte sich als erster. »Du forderst uns zu einem Wettkampf im Geräteturnen heraus?« fragte er mißtrauisch.

Alexander zuckte mit den Achseln. »Tja, wenn ihr das lieber mit *Bat'leths* klären möchtet…«

Bernard schüttelte nachdrücklich den Kopf. Sein dunkles Gesicht strahlte vor Erleichterung. »Ich nicht!«

Jeremy hob beide Hände. »Ich würde zwar gern lernen, wie man mit so einem Ding umgeht, aber bis dahin… passe ich.«

Kim lächelte nur.

Die Zuschauer, die auf einmal kapierten, was gerade geschehen war, klatschten zustimmend, als Alexander die Stulpenhandschuhe ablegte und aus dem metallbeschlagenen Brustpanzer schlüpfte. Dann bedeutete er den drei anderen, vorauszugehen, und folgte ihnen zu den Turngeräten, wo Miss Petrovna sie zur Seite winkte und dann den Direktor ansah.

»Im Interesse der Fairneß«, erklärte Mr. Houseman, »haben wir drei Sportlehrer von anderen Schulen eingeladen, die das *Suv'batlh* bewerten werden.«

Begeisterter Applaus begrüßten die Frau und die beiden Männer, die durch eine Nebentür eintraten und an einem Tisch Platz nahmen. Ihre Anwesenheit ließ nicht den geringsten Zweifel daran, daß Alexanders Wahl der ›Waffen‹ von vornherein so geplant gewesen war und für die informierten Lehrer keine Überraschung darstellte.

Alexander sah zu seinem Vater zurück, der ihn

genau beobachtete. Das *Bat'leth* lag in seiner Armbeuge. Er nickte leicht und zeigte den Ansatz eines Lächelns, der Alexanders Herz erwärmte. Für Worf kam diese Geste dem Grinsen von einem Ohr zum anderen gleich.

Miss Marconi ging lächelnd zu Worf hinüber und hob dabei zuerst eine Hand und dann den Daumen. Mr. Cunningham zwinkerte ihm zu und schüttelte sanft den Stab mit den Metallplättchen.

»Alexander wird gegen jeden seiner Herausforderer in einer anderen Disziplin antreten. Die Punktzahl wird erst nach Beendigung des Wettkampfes bekanntgegeben. Die höchste Gesamtpunktzahl gewinnt.« Mr. Houseman sah zu den drei anderen Jungen hinüber. »Ihr könnt euch aussuchen, wer in welcher Disziplin antritt. Doch ihr werdet alle zuerst antreten.«

Die Jungs berieten sich, während Miss Petrovna zum Bock marschierte. Als sie in ihre Pfeife blies, zog Bernard Schuhe und Socken aus und lief zur Startlinie.

Wie bei anderen Sportereignissen klatschten die Zuschauer und riefen Ermutigungen.

Alexander zog ebenfalls Stiefel und Socken aus und schüttelte Arme und Beine, um sich aufzuwärmen. Der Bock war die einfachste der drei Disziplinen. Bernard war zwar sportlich und schnell, doch das Geräteturnen war nicht sein Ding. Jeremy und Kim hingegen waren in der Schulmannschaft. Sie waren es gewohnt, unter Druck anzutreten, und ihre Disziplinen waren das Reck und das Seitpferd, das schwierigste Gerät.

Als Bernard stehenblieb und mehrmals tief einatmete, wurde es still in der Turnhalle. Dann nahm er Anlauf. Er sprang, setzte mit beiden Händen auf dem ledernen Bock auf und sprang einen einfachen Salto. Als er aufsetzte, mußte er einen Korrekturschritt machen, um nicht zu stürzen. Dann riß er die Arme in die Luft.

Die Zuschauer pfiffen und applaudierten, obwohl Bernard weder einen schwierigen Sprung versucht noch eine saubere Landung geboten hatte. Sein Vater klatschte wild, und seine Mutter sprang vor Aufregung hoch. Mit einem breiten Grinsen verbeugte Bernard sich und stieß die Faust in der Luft. Er hatte die klingonische Herausforderung angenommen und überlebt.

Alexander erwiderte Bernards Nicken, als er auf dem Weg zum Bock an ihm vorbeiging. Es war nur eine kleine Geste, doch sie stellte eine gewisse Akzeptanz dar. Vielleicht, dachte Alexander, als er auf der Linie stehenblieb, hatte er seinen Krieg gegen die Vorurteile schon gewonnen. Falls ja, würde es bei dem *Suv'batlh,* das in der Turnhalle ausgetragen wurde, keine Verlierer geben.

Er konzentrierte sich auf den ledernen Bock, atmete tief ein und nahm Anlauf. Dann sprang er, berührte mit beiden Händen den Bock, führte eine perfekte Schraube mit ganzer Drehung aus und landete sicher auf den Füßen. Alexander richtete sich auf und riß die Fäuste hoch.

Eine Stille, die noch absoluter war als die nach der ursprünglichen Deklaration des Tags der Ehre, senkte sich über die Menge. Er wußte, daß sein Sprung spektakulär und die Landung perfekt gewesen waren, und blieb reglos stehen. Vielleicht hatte er von Anfang an doch recht gehabt. Er würde sich bei seinen menschlichen Mitschülern nicht unbedingt beliebter machen, wenn er seine überlegene Gewandtheit und Stärke zur Schau stellte.

Dann jauchzte und pfiff auf den hinteren Rängen jemand. Innerhalb von einer Sekunde füllte die Turnhalle sich mit dem Donnern klatschender Hände, dem Johlen und Pfeifen begeisterter Würdigung. Worf brüllte mit ungeniertem klingonischem Stolz.

Alexander lief ein kaltes Frösteln über den Rücken, und Freudentränen traten ihm in die Augen. Er ging rigoros gegen diese eindeutig unklingonische Reaktion vor, blinzelte die Tränen weg und lächelte dann, als er sich verbeugte und zu den anderen zurücklief.

»Das war perfekt!« Bernard lachte.

»Jedenfalls fast«, pflichtete Jeremy ihm bei und schüttelte staunend den Kopf. »Sieht so aus, als hätten wir eine *echte* Konkurrenz.«

Kim nickte und schaute dann auf, als Miss Petrovna zum Reck ging und in die Trillerpfeife blies. Mit einer kurzen Verneigung, von der Alexander überzeugt war, daß sie auch ihn einschloß, lief der schlanke Junge zur Matte.

»Na los, Kim!« rief Alexander.

Grinsend feuerten Jeremy und Bernard ihren Kumpel an.

Als Kim sprang und nach der Stange griff, fielen alle wieder in respektvolles Schweigen. Der Junge schwang vor und wieder zurück, um Schwung zu gewinnen, führte zwei einwandfreie Umschwünge und dann einen Handstand aus. Als er abschwang, ließ er die Stange los, drehte den Körper in der Luft und ergriff die Reckstange wieder. Nach einem weiteren Umschwung ging er mit einem einfachen Salto vom Gerät ab und setzte perfekt auf.

Als Alexander zum Reck ging, merkte man ihm an, daß er von Kims makelloser Übung beeindruckt war. Es würde nicht leicht werden, eine höhere Punktzahl zu erzielen.

»Die Stange ist ziemlich schlüpfrig«, sagte Kim, als er von der Matte trat. »Sei vorsichtig.«

»Werde ich«, erwiderte Alexander mit vor Überraschung erstickter Stimme. Das war das erste Mal, das Kim nicht als Feind zu ihm gesprochen hatte. »Danke.«

»Kein Problem.« Lächelnd trabte Kim davon.

Alexander tauchte die Hände in den Kreideeimer, staubte das überschüssige Magnesium dann ab, blieb stehen und atmete tief durch. Er sprang, schloß sofort drei Umschwünge an und verharrte dann im Handstand. Als sein Körper nach vorn fiel, zog er die Beine wie zu einem Klappmesser an, schob sie zwischen den Armen hindurch, ließ die Stange los und drehte sich in der Luft, um sie wieder zu ergreifen. Seine linke Hand rutschte ab. Es gelang ihm zwar, sich festzuhalten, doch der Bewegungsablauf war unterbrochen, was ihn einige Punkt kosten würde. Nach einem weiteren Aufschwung ging er mit einem einfachen Salto vom Gerät und landete sicher auf der Matte.

Niemand schien sich an Alexanders kleinem Fehler zu stören. Ob das Publikum sich nun von der Anspannung nach der Intensität des klingonischen Teils des Programms befreite oder ganz einfach nur einen spannenden Turnwettkampf genoß – der Saal tobte jedenfalls.

»Wie schade, daß du abgerutscht bist«, sagte Jeremy, als Alexander wieder zu seinen Konkurrenten trat. »Aber ich muß dich warnen, das Pferd ist meine beste

Disziplin. Und ich werde alles geben, um dich zu schlagen.«

»Gut. Sonst würde es auch keinen Spaß machen.«

»Genau.« Auf Miss Petrovnas Pfiff lief Jeremy zum Seitpferd, das in der Mitte der Turnhalle stand.

Er blieb stehen, um sich zu konzentrieren, sprang dann und ergriff beide Pauschen. Geschickt und sicher ließ er immer wieder los und wechselte die Griffe, während er seinen gestreckten Körper nach links schwang, wieder zurück zur Mitte, dann nach rechts, und das gesamte Pferd entlangwanderte. Als er wieder beide Hände auf den Pauschen hatte, schwang er sich zu einem Handstand hoch. Dann spreizte er die Beine und senkte sie langsam, bis sie sich auf beiden Seiten der Arme vor seinem Körper befanden. Mühelos schwang er in einen Handstand zurück, stieß sich ab und landete sicher auf der Matte. Nachdem er den Zuschauern mit beiden Händen zugewunken hatte, verbeugte Jeremy sich und machte dann einen Freudensprung.

Alexander seufzte und ging dann durch die Turnhalle. Jeremy hatte die schwierige Übung fehlerfrei durchgeführt. Es gab nur eine Möglichkeit, ihn zu schlagen – falls er es wagte.

»So gut war ich noch nie, Alexander.« Jeremy hatte die Hände auf die Hüften gelegt und rang nach Atem. »Wenn du mich schlägst, werde ich…«

Was? Alexander versteifte sich automatisch.

»…dich morgen ins Holokino einladen. Die neue Ferengi-Komödie ist gerade angelaufen, und Bernard und Kim brennen darauf, sie zu sehen.«

»Abgemacht!« Alexander strahlte. Jeremys Vorschlag war keine Herausforderung oder Wette. Der

Junge versuchte damit lediglich, sich zu entschuldigen und einer Freundschaft die Tür zu öffnen. »Und wenn ich dich nicht schlage, lade ich euch drei ein.«

»Viel Glück.« Jeremy gab Alexander einen Klaps auf den Arm, winkte den jubelnden Zuschauern zu und ging zu seinen Freunden zurück.

Alexander wurde sich eines Anflugs von Nervosität bewußt, der ihn vielleicht ablenken könnte, blieb stehen und schloß die Augen. Mit Hilfe der *Mok'bara*-Techniken säuberte er seinen Geist von allem außer dem Seitpferd neben ihm. Einen Augenblick lang existierte in seinem Universum nichts anderes.

Dann ergriff er die Pauschen, streckte die Beine und schwang mit den gleichen Bewegungen, die auch Jeremy gezeigt hatte, das Pferd entlang. Und genau wie Jeremy schwang er sich in einen Handstand und spreizte dann die Beine. Er senkte sie langsam und hielt sie dann waagerecht vor seinem Körper. Doch statt die Übung zu beenden, explodierte er plötzlich zu einer schwierigen und komplizierten Bewegung, die als Thomas-Flare bekannt war, seit sie zum erstenmal Ende des zwanzigsten Jahrhunderts bei Olympischen Spielen vorgeführt worden war. Während er die gespreizten Beine von einer Seite zur anderen peitschte, ließ er die Pauschen blitzschnell los und ergriff sie wieder. Dann stieß er sich mit äußerstem Kraftaufwand ab und beendete die Übung mit einer halben Drehung.

Alexander mußte nicht den donnernden Beifall der Zuschauer hören oder sehen, wie sein Vater wild das *Bat'leth* schwang, um zu wissen, daß seine Übung überwältigend gewesen war. Hätte er noch die geringsten Zweifel gehabt, wären sie in dem Augenblick verflogen, in dem Jeremy, Bernard und Kim zu ihm stürmten.

»So etwas habe ich noch nie gesehen!« sagte Bernard atemlos vor Aufregung.

»Jedenfalls nicht im richtigen Leben«, rückte Kim die Bemerkung des anderen Jungen zurecht. »Nur bei *großen* Wettkämpfen.«

»Ich bin so verblüfft, daß ich gar nicht weiß, was ich sagen soll.« Jeremy zuckte mit den Achseln und streckte dann die Hand aus.

Alexander schüttelte sie und achtete darauf, daß er sie nicht mit der vollen Kraft seines klingonischen Griffs drückte. Wenn er Jeremy jetzt die Hand brach, würde er vielleicht eine wundervolle Freundschaft beenden, bevor sie überhaupt angefangen hatte.

»Achtung!« rief Mr. Houseman und senkte mehrmals die Arme, um die Zuschauer zu beruhigen. »Darf ich um Ihre Aufmerksamkeit bitten!«

Miss Petrova blies in die Trillerpfeife, und Mr. Santiago ließ die Scheinwerfer aufblitzen. Nach einer Minute war die Ordnung wiederhergestellt.

»Darf ich um die Wertung bitten.« Mr. Houseman sah zu den Punktrichtern. Die Frau gab die Zahlen mit einer Tastatur auf dem Tisch ein. Jede einzelne Wertung blitzte auf einer Schalttafel auf, die hoch an der gegenüberliegenden Wand der Turnhalle hing.

Alexanders Gesamtpunktzahl war weitaus höher als die der drei anderen Jungen zusammen.

Worf trat vor, das *Bat'leth* feierlich in den Händen, gefolgt von Miss Marconi mit der leuchtenden Tech-Fackel und Mr. Cunningham mit der klingelnden Standarte.

»Das *Suv'batlh* wurde ausgetragen und entschieden!« erklärte Worf. »Alexander Rozhenkos Ehre wurde wiederhergestellt.«

Jubel und Applaus brandeten auf und erstarben schnell wieder, als Worf die Stirn runzelte.

Alexander bemühte sich, nicht zu grinsen.

»Jede Forderung, die du stellst, wird gewährt werden! *Yay'lIj!* Der Sieg ist dein!«

Alexander schaute unsicher drein, als sich alle Blicke auf ihn richteten. Über diesen Teil des *Suv'batlh* hatte er gar nicht nachgedacht. Er hatte bereits alles, was er haben wollte – seine Ehre und den Respekt seines Vaters und seiner Mitschüler.

Doch plötzlich fiel ihm etwas ein.

»Ich würde gern für die Schulmannschaft im Geräteturnen antreten.«

Mr. Santiago sprang auf. »Der Wunsch sei dir gewährt, Alexander! Komm sofort nach Schulschluß zu mir.«

»Äh...« Alexanders Wangen röteten sich leicht. »Das geht nicht. Ich muß nachsitzen.«

Stille.

»Nein!« Jeremy sah Kim und Bernard an und trat vor. »Wir haben dieses Bücherregal umgestoßen, nicht Alexander.«

»Und wir haben die Prügelei angefangen!« fügte Kim hinzu.

»Wenn jemand bestraft werden sollte, dann wir«, gestand Bernard ein.

Alexander starrte sie an. Die *Batlh Jaj*-Zeremonie war anscheinend wesentlich beeindruckender gewesen, als er gedacht hatte.

Mr. Houseman rieb sein Kinn und sah dann lächelnd auf. »Der klingonischen Tradition zufolge hat das

Suv'batlh diese Angelegenheit geklärt. Sagen wir, wir sind quitt? Falls« – er warf den drei Jungen einen finsteren Blick zu – »ihr versprecht, so etwas nie wieder zu tun.«

»Ehrenwort!« schworen die Jungen im Einklang und hoben dabei nach menschlichem Brauch die rechte Hand.

»Wegtreten.« Mr. Houseman grinste.

Und Mr. Cunningham klimperte ein letztes Mal mit dem Stab.

Als die Schüler und Lehrer die Turnhalle verließen, um den Unterricht wieder aufzunehmen, eilten die Eltern der drei Jungen und die Rozhenkos zu den Kindern, um ihnen zu gratulieren.

»Du warst großartig, Alexander!« Sergei strahlte.

Mr. Sullivan ergriff Jeremy an den Armen. »Ich bin stolz auf dich, mein Sohn. Vielleicht wird aus dir doch noch mal ein guter Starfleet-Offizier.«

»Danke, Dad.«

»Auch Alexander spielt mit dem Gedanken, an die Starfleet-Akademie zu gehen.« Helena lächelte, und ihre Augen funkelten strahlend.

Alexander schnappte nach Luft. Er hatte nie jemandem gesagt, daß er zur Starfleet gehen wollte. Diese Idee war ihm nie in den Sinn gekommen. »Wer hat dir das erzählt?«

»Dein Vater!« sagte Helena fröhlich. »Er hat mir gesagt, du hättest ihm gesagt, du wolltest genau wie er sein. Er ist so stolz auf dich.«

»Aber hat er ausdrücklich Starfleet erwähnt?« hakte Alexander nach. Es war noch gar nicht so lange her, daß Worf damit aufgehört hatte, ihm die klingonische Lebensweise schmackhaft machen zu wollen. Und er könnte es wohl nicht ertragen, wenn sein Vater ihn jetzt für Starfleet rekrutieren wollte.

Helena runzelte die Stirn. »Ausdrücklich? Nein, das glaube ich nicht.«

Alexander atmete erleichtert auf. Er hatte lange Diplomat werden wollen, genau wie seine Mutter K'Ehleyr. Sie hatten die menschliche und klingonische Abstammung gemeinsam, die es ihr ermöglicht hatte, so hervorragend den Abgrund zwischen der Föderation und dem Klingonischen Imperium zu überbrücken. In letzter Zeit jedoch war ihm klar geworden, daß sein Interesse für diese Laufbahn zum größten Teil von der starrköpfigen Entschlossenheit seines Vaters geweckt worden war, einen klingonischen Krieger aus ihm zu machen. Mittlerweile wußte er, K'Ehleyr hätte genausowenig gewollt, daß er ihretwegen Diplomat wurde, wie sie gewollt hätte, daß er Krieger wurde, nur um Worf zu gefallen. Wenn er seine Mutter wirklich stolz machen wollte, mußte er seinen eigenen Weg finden – wie auch immer der aussah. Ihm blieb noch genug Zeit für die Entscheidung, ob er nun Diplomat, klingonischer Krieger, Starfleet-Offizier oder etwas ganz anderes werden wollte. Im Augenblick wollte er nur Kind sein.

Ein größtenteils klingonisches Kind, das in einer Welt der Menschen lebte, begriff er nüchtern. Er würde sich niemals von dem wilden Zorn befreien können, der in seinem klingonischen Blut lauerte. Den Rest seines Lebens über würde er gegen seine natürliche Neigung angehen müssen, zuerst zu kämpfen und erst später zu denken. Doch er wußte, daß er diesen starken kriegerischen Drang besiegen konnte, wie auch sein Vater ihn besiegt hatte.

Alexander fühlte sich so gut wie schon lange nicht mehr und sah den Schülern nach, die die Turnhalle verließen. Er atmete leise ein, als er bemerkte, daß Suzanne Milton ihn ansah.

Er schnaubte und lächelte dann.

Suzanne errötete, winkte schüchtern und erwiderte das Lächeln.

Alexander warf einen Blick über die Schulter und sah, wie sein Vater Miss Marconi demonstrierte, wie man ein *Bat'leth* handhabte. Doch die gespannte Aufmerksamkeit der Bibliothekarin galt weniger dem Schwert als Worf.

Starfleet-Offizier und klingonischer Krieger.

Alexander runzelte nachdenklich die Stirn. Er mußte sich eingestehen, daß es Vorteile gab, beides zu sein.

STAR TREK™

in der Reihe
HEYNE SCIENCE FICTION & FANTASY

STAR TREK: CLASSIC SERIE

Vonda N. McIntyre, Star Trek II: Der Zorn des Khan · 06/3971
Vonda N. McIntyre, Der Entropie-Effekt · 06/3988
Robert E. Vardeman, Das Klingonen-Gambit · 06/4035
Lee Correy, Hort des Lebens · 06/4083
Vonda N. McIntyre, Star Trek III: Auf der Suche nach Mr. Spock · 06/4181
S. M. Murdock, Das Netz der Romulaner · 06/4209
Sonni Cooper, Schwarzes Feuer · 06/4270
Robert E. Vardeman, Meuterei auf der Enterprise · 06/4285
Howard Weinstein, Die Macht der Krone · 06/4342
Sondra Marshak & Myrna Culbreath, Das Prometheus-Projekt · 06/4379
Sondra Marshak & Myrna Culbreath, Tödliches Dreieck · 06/4411
A. C. Crispin, Sohn der Vergangenheit · 06/4431
Diane Duane, Der verwundete Himmel · 06/4458
David Dvorkin, Die Trellisane-Konfrontation · 06/4474
Vonda N. McIntyre, Star Trek IV: Zurück in die Gegenwart · 06/4486
Greg Bear, Corona · 06/4499
John M. Ford, Der letzte Schachzug · 06/4528
Diane Duane, Der Feind – mein Verbündeter · 06/4535
Melinda Snodgrass, Die Tränen der Sänger · 06/4551
Jean Lorrah, Mord an der Vulkan-Akademie · 06/4568
Janet Kagan, Uhuras Lied · 06/4605
Laurence Yep, Herr der Schatten · 06/4627
Barbara Hambly, Ishmael · 06/4662
J. M. Dillard, Star Trek V: Am Rande des Universums · 06/4682
Della van Hise, Zeit zu töten · 06/4698
Margaret Wander Bonanno, Geiseln für den Frieden · 06/4724
Majliss Larson, Das Faustpfand der Klingonen · 06/4741
J. M. Dillard, Bewußtseinsschatten · 06/4762
Brad Ferguson, Krise auf Centaurus · 06/4776
Diane Carey, Das Schlachtschiff · 06/4804
J. M. Dillard, Dämonen · 06/4819
Diane Duane, Spocks Welt · 06/4830
Diane Carey, Der Verräter · 06/4848
Gene DeWeese, Zwischen den Fronten · 06/4862
J. M. Dillard, Die verlorenen Jahre · 06/4869
Howard Weinstein, Akkalla · 06/4879
Carmen Carter, McCoys Träume · 06/4898
Diane Duane & Peter Norwood, Die Romulaner · 06/4907

STAR TREK™

L. A. Graf, Ein Sumpf von Intrigen · 06/5682
Howard Weinstein, McCoys Tochter · 06/5683
J. M. Dillard, Sabotage · 06/5685
Denny Martin Flinn, Der Coup der Promethaner · 06/5686
Diane Carey/Dr. James I. Kirkland, Keine Spur von Menschen · 06/5687
Peter David, Die Tochter des Captain · 06/5691
Dean Wesley Smith/Kristine Kathryn Rusch, Die Ringe von Tautee · 06/5693
Diane Carey, Invasion – 1: Der Erstschlag · 06/5694
Dean Wesley Smith/Kristine Kathryn Rusch, Tag der Ehre – 4: Das Gesetz des Verrats · 06/5702

STAR TREK: THE NEXT GENERATION
David Gerrold, Mission Farpoint · 06/4589
Gene DeWeese, Die Friedenswächter · 06/4646
Carmen Carter, Die Kinder von Hamlin · 06/4685
Jean Lorrah, Überlebende · 06/4705
Peter David, Planet der Waffen · 06/4733
Diane Carey, Gespensterschiff · 06/4757
Howard Weinstein, Machthunger · 06/4771
John Vornholt, Masken · 06/4787
David & Daniel Dvorkin, Die Ehre des Captain · 06/4793
Michael Jan Friedman, Ein Ruf in die Dunkelheit · 06/4814
Peter David, Eine Hölle namens Paradies · 06/4837
Jean Lorrah, Metamorphose · 06/4856
Keith Sharee, Gullivers Flüchtlinge · 06/4889
Carmen Carter u. a., Planet des Untergangs · 06/4899
A. C. Crispin, Die Augen der Betrachter · 06/4914
Howard Weinstein, Im Exil · 06/4937
Michael Jan Friedman, Das verschwundene Juwel · 06/4958
John Vornholt, Kontamination · 06/4986
Mel Gilden, Baldwins Entdeckungen · 06/5024
Peter David, Vendetta · 06/5057
Peter David, Eine Lektion in Liebe · 06/5077
Howard Weinstein, Die Macht der Former · 06/5096
Michael Jan Friedman, Wieder vereint · 06/5142
T. L. Mancour, Spartacus · 06/5158
Bill McCay/Eloise Flood, Ketten der Gewalt · 06/5242
V. E. Mitchell, Die Jarada · 06/5279
John Vornholt, Kriegstrommeln · 06/5312
David Bischoff, Die Epidemie · 06/5356
Peter David, Imzadi · 06/5357
Laurell K. Hamilton, Nacht über Oriana · 06/5342

STAR TREK™

Simon Hawke, Die Beute der Romulaner · 06/5413
Rebecca Neason, Der Kronprinz · 06/5414
John Peel, Drachenjäger · 06/5415
Diane Carey, Abstieg · 06/5416
Diane Duane, Dunkler Spiegel · 06/5417
Jeri Taylor, Die Zusammenkunft · 06/5418
Michael Jan Friedman, Relikte · 06/5419
Susan Wright, Der Mörder des Sli · 06/5438
W.R. *Thomson,* Planet der Schuldner · 06/5439
Carmen Carter, Das Herz des Teufels · 06/5440
Michael Jan Friedman & Kevin Ryan, Requiem · 06/5442
Dafydd ab Hugh, Gleichgewicht der Kräfte · 06/5443
Michael Jan Friedman, Die Verurteilung · 06/5444
Peter David, Q^2 · 06/5445
Simon Hawke, Die Rückkehr der Despoten · 06/5446
Robert Greenberger, Die Strategie der Romulaner · 06/5447
Gene DeWeese, Im Staubnebel verschwunden · 06/5448
Brad Ferguson, Das letzte Aufgebot · 06/5449
Kij Johnson/Greg Cox, Die Ehre des Drachen · 06/5751
J. M. Dillard/Kathleen O'Malley, Wahnsinn · 06/5753
Dean Wesley Smith/Kristine Kathryn Rusch, Invasion – 2: Soldaten des Schreckens · 06/5754
J. M. Dillard, Star Trek VIII: Der erste Kontakt · 06/5757
Diane Carey, Tag der Ehre – 1: Altes Blut · 06/5763
J. M. Dillard, Star Trek IX: Der Aufstand · 06/5770

STAR TREK: DIE ANFÄNGE
Vonda N. McIntyre, Die erste Mission · 06/4619
Margaret Wander Bonanno, Fremde vom Himmel · 06/4669
Diane Carey, Die letzte Grenze · 06/4714

STAR TREK: DEEP SPACE NINE
J. M. Dillard, Botschafter · 06/5115
Peter David, Die Belagerung · 06/5129
K. W. Jeter, Die Station der Cardassianer · 06/5130
Sandy Schofield, Das große Spiel · 06/5187
Dafydd ab Hugh, Gefallene Helden · 06/5322
Lois Tilton, Verrat · 06/5323
Esther Friesner, Kriegskind · 06/5430
John Vornholt, Antimaterie · 06/5431
Diane Carey, Die Suche · 06/5432
Melissa Scott, Der Pirat · 06/5434
Nathan Archer, Walhalla · 06/5512
Greg Cox/John Gregory Betancourt, Der Teufel im Himmel · 06/5513

STAR TREK™

Greg Cox, Das schwarze Ufer · 06/5814
Michael Jan Friedman, Tag der Ehre – 3: Ihre klingonische Seele · 06/5815

DAS STAR TREK-UNIVERSUM, 2 Bde.,
von *Ralph Sander* · 06/5150
DAS STAR TREK-UNIVERSUM, 1. Ergänzungsband
von *Ralph Sander* · 06/5151
DAS STAR TREK-UNIVERSUM, 2. Ergänzungsband
von *Ralph Sander* · 06/5270

Ralph Sander, Star Trek Timer 1996 · 06/1996
Ralph Sander, Star Trek Timer 1997 · 06/1997
Ralph Sander, Star Trek Timer 1998 · 06/1998
Ralph Sander, Star Trek Timer 1999 · 06/1999
Ralph Sander, Star Trek Timer 2000 · 06/2000

William Shatner/Chris Kreski, Star Trek Erinnerungen · 06/5188
William Shatner/Chris Kreski, Star Trek Erinnerungen: Die Filme · 06/5450

Phil Farrand, Cap'n Beckmessers Führer durch STAR TREK – DIE CLASSIC SERIE · 06/5451
Phil Farrand, Cap'n Beckmessers Führer durch STAR TREK – DIE NÄCHSTE GENERATION · 06/5199
Phil Farrand, Cap'n Beckmessers Führer durch STAR TREK – DIE NÄCHSTE GENERATION – Teil 2 · 06/6457

David Alexander, Gene Roddenberry – Die autorisierte Biographie · 06/5544
Judith & Garfield Reeves-Stevens, Star Trek Design · 06/5545
Nichelle Nichols, Nicht nur Uhura · 06/5547
Leonard Nimoy, Ich bin Spock · 06/5548
Lawrence M. Krauss, Die Physik von Star Trek · 06/5549
Judith & Garfield Reeves-Stevens, Star Trek – Deep Space Nine: Die Realisierung einer Idee · 06/5550
Herbert F. Solow & Yvonne Fern Solow, Star Trek: Das Skizzenbuch – Die Classic-Serie · 06/6469
Judith & Garfield Reeves-Stevens, Star Trek – Phase II: Die verlorene Generation · 06/6470
Herbert F. Solow/Robert H. Justman, Star Trek – Die wahre Geschichte · 06/6499
J. M. Dillard, Star Trek: Wo bisher noch niemand gewesen ist · 06/6500

Diese Liste ist eine Bibliographie erschienener Titel,
KEIN VERZEICHNIS LIEFERBARER BÜCHER!